# 剣　栄次郎江戸暦6

小杉健治

時代小説
二見時代小説文庫

目　次

# 春情の剣——栄次郎江戸暦6

# 第一章　不義密通

## 一

昼過ぎ、矢内栄次郎《やないえいじろう》は着流しに大刀を差し、風呂敷包みを手に本郷の屋敷を出た。空はもう秋の色だ。

江戸に戻って五日目。この間、栄次郎は忙しかった。部屋住《へやず》みであっても、矢内家に関係するひとたちに、無事江戸に帰ったあいさつをして廻り、あっという間に日を重ねた。

ようやく一段落つき、きょうやっと栄次郎は自分の用事で外出することが出来たのである。

坂の途中で立ち止まり、栄次郎は濃い眉の下にある大きな目を細めて、寛永寺《かんえいじ》の五重塔や不忍池《しのばずのいけ》を懐かしく見つめた。だだっ広く一面に広がる江戸の町並みの風景も懐かしく、江戸に帰ったのだとしみじみと感じ、引き締まった口許が微かに緩《ゆる》んだ。

栄次郎の細い顔とすらりとした体つきには気品を漂わせるものがあるが、どこか芝居の役者のような柔らかい雰囲気もある。その柔らかい雰囲気というのは、栄次郎が武士でありながら芸人という顔を持っているからであろう。

それから四半刻（三十分）後、栄次郎は鳥越《とりごえ》の長唄の師匠杵屋吉右衛門《きねやきちえもん》宅の稽古場で、見台《けんだい》をはさんで師匠と向かい合っていた。

栄次郎は御家人の次男坊だが、杵屋吉栄《きちえい》という名取名《なとりな》を持っていた。

義太夫、常磐津《ときわず》、清元《きよもと》などの「語りもの」と呼ばれる浄瑠璃《じようるり》と「唄もの」である長唄の両方を、吉右衛門師匠から習っているのだ。

栄次郎のような武士の次男坊、三男坊などの部屋住みは、お役に就《つ》けず、したがってすることがなく暇だけはある。

そういうわけで、余った時間に稽古事に励む者も多く、武士の中には本職顔負けの者もいる。

「五日前に江戸に帰りました。長らく、お稽古をお休みして申し訳ございませんでした。これは伊勢で買ったもの」

そう言い、栄次郎は土産を差し出した。

「これはご丁寧に」

久しぶりの再会を喜ぶように、師匠は表情を綻《ほころ》ばせた。

旅の話を少しだけしたあとで、

「では、お稽古に入りましょうか」

と、師匠が三味線を手にした。

「久しぶりなので、指が動くか心配です」

伊勢の古市《ふるいち》で、新内《しんない》語りの春蝶《しゅんちょう》といっしょに門付《かどづ》けをしたときに、三味線を弾いただけだ。

「芸事は日々の精進。私でも、一日稽古を休めば技量は半分に落ちてしまいます。勘を取り戻すには何日もかかります」

「はい」

師匠の厳しい声を、栄次郎は畏《かしこ》まって聞いた。

「そうですな。きょうは勘を取り戻すために、今までやったものをお浚《さら》いしてみましょう。何がよろしいでしょうか」

少し考えてから、

「では、越後獅子《えちごじし》を」

と言い、栄次郎は三味線を構えた。

しばらく離れていたので、三味線と体が馴染《なじ》まない。なんとなく違和感がある。毎日稽古を続けていれば三味線が体の一部のように一体となるのだが……。

はっと、栄次郎は声をかけ、撥《ばち》を打ち下ろした。

チン　チン　チン　トチチリチン　トチチリチンチン　チリトチチリチン

前弾きがが終わって節付けになる。

打つや太鼓の音も澄み渡り

角兵衛角兵衛と招かれて……

と、師匠が唄いだす。

栄次郎はなんとか最後まで弾き終えた。

「結構でした」

と、師匠が声をかけた。そして、続けた。

「吹っ切れましたね」

「…………」

「ひと頃の吉栄さんの音色は曇っていました。邪念が音を濁していました。今は、それがなくなっています。澄んだ音色に、情感が籠もり、なかなか結構でした」

師匠は笑みをたたえ、

「旅に出たことはよかったようですね」

と、言った。

「はい。ありがとうございます」

門付け芸人お露《つゆ》への恋情が消え去らず、栄次郎は悶々とし、荒れた日々を送っていた。そんな状態での稽古は身が入らず、師匠に心の乱れを糸の音色から見透かされた。

栄次郎の自棄気味の暮らしを見かねた兄栄之進《えいのしん》が旅に出ることを勧めた。伊勢に、春蝶らしき新内語りがいることもあり、伊勢に向かったのだ。

その旅で、栄次郎は吹っ切れた。旅は栄次郎をひとまわり大きくしてくれたのだ。

(『栄次郎江戸暦』第五巻・小社既刊)

その後、いくつか今まで習ったものを浚ったあとで、師匠が言った。

「これなら、大丈夫です。じつは、再来月、市村座に出演することになっているのです。吉栄さんも出ていただけますね」

「よろしいんですか」

じつは、先月市村座の地方の仕事が入っていたのだが、栄次郎が旅に出ることになったため、出演を辞退したのだ。いや、たとえ、旅に出なくても、すさんだ栄次郎の三味線では師匠が出さなかったはずだ。

「もう、心配ありません」

「はい、ありがとうございます」

栄次郎は弾んだ声で答えた。

「演《だ》し物は『藤娘《ふじむすめ》』です。すでに仕上がった曲ですが、次からお浚いをいたしましょう」

師匠の言葉に、栄次郎は明るく返事をした。

辞儀をして、隣りの部屋に引き下がると、大工の頭領が待っていた。

「お先に」

栄次郎は頭領に声をかけた。

「栄次郎さん。お久しぶりでございますね」

「はい。長い間、ご無沙汰いたしました」

「旅に出ていたそうでございますね。元気でお帰りになってよござんした」

頭領はそう言い、

「じゃあ、行って来ます」

と、師匠のもとに向かった。

吉右衛門師匠の弟子には、武士から商家の旦那、職人などいろいろなひとがいる。ここでは、身分も貧富の差も関係なく、誰もが平等だった。

自分で茶を淹《い》れてのみながら、町火消『ほ』組の頭取政五郎《とうどりまさごろう》の娘おゆうを待った。

風呂敷包みにはおゆうへの伊勢土産も入っている。

おゆうは旅に出るとき、神田明神のお守りをくれたのだ。栄次郎にとって、可愛い妹のような存在である。

だが、四半刻待っても現れないので、栄次郎はそのまま引き上げた。

その足で、浅草黒船町のお秋《あき》の家に行った。

お秋は矢内家に年季奉公をしていた女で、今は八丁堀与力の妾《めかけ》になっていた。世間には母の違う妹と称している。

栄次郎が三味線を習うきっかけは、悪所《あくしょ》通いでさんざん遊んでいる頃、ある店で、きりりとした渋い男を見かけた。決していい男ではないのに、体全体から男の色気が滲み出ていた。どうしたら、あんな色気が出せるのだと目を瞠《みは》った。

そのとき、店の女中が、長唄の杵屋吉右衛門師匠だと教えてくれたのだ。

長唄を習えば、あのように粋で色っぽい男になれるかもしれない。そう単純に思ったわけではないが、少しでも師匠のような男になりたくて、吉右衛門師匠に弟子入りをしたのだ。

お秋の家の玄関を入ると、

「まあ、栄次郎さま」

と、女中の大きな声がした。

奥からばたばたと音がして、お秋がやって来た。

「栄次郎さん。お帰りなさい」

「ただいま」

「よう、ご無事で」

お秋は栄次郎の体にしがみついて言う。

「長い間、留守をしました。また、よろしくお願いいたします」

「ええ、お部屋はそのままですからね」

栄次郎は梯子段《はしごだん》を上がり、二階の小部屋に入った。

窓から、大川が望める。川面が西陽を照り返している。

今は穏やかな気持ちだ。お露のことが忘れられず、このまま自分はだめになっていくのではないかとさえ思った。

心底好きになった女が、じつは金持ち相手の新手の遊女だったばかりでなく、兄というのが亭主で、ふたりは殺し屋稼業もしていたことが明らかになった。

しかも、あろうことか、お露は栄次郎を殺そうとしたのだ。身を守るためとはいえ、栄次郎はお露の体に脇差しを突き刺したのだ。

すでに、何件もひと殺しを請け負っており、お露は捕まれば獄門《ごくもん》だった。死罪になるより我が手で殺したことはせめてものなぐさめだと自分に言い聞かせても、愛《いと》しい女を自らの手で殺した自責の念を拭いきれなかった。

それからの栄次郎は地獄でのたうちまわった。お露に会いたい。なぜ、お露とともに死ぬ道を選ばなかったかと、栄次郎は後悔した。酒に溺れ、あげくに喧嘩と、栄次郎はすさんでいった。

そんな栄次郎を救ったのが旅だった。

「入りますよ」

その声とともに障子が開いて、お秋が入って来た。

「栄次郎さん。ごめんなさい。あっち、お客が入っているの」

客がいる場合は、三味線を弾かないようにしている。

もうひとつの西側の部屋を逢引きの男女のために貸して、小遣い稼ぎをしているのだ。

すでに、客がいるのだという。客は、ここが八丁堀与力の妹の家だという安心感がある。

「最近、よくお見えになるふたり」

お秋は声をひそめて言う。

「女のひとは商家の内儀《おかみ》さんふう。男は……」

「お秋さん。お客さんの詮索はいけませんよ」

「そうね」

お秋は素直に頷いたが、

「でも、女のひとが亭主持ちだと、あとで揉め事が……」

「お秋さん」

栄次郎は再度たしなめた。

「はい。わかりました」

お秋はけろりとし、

「きょう夕飯食べていくでしょう」

と、きいた。

「でも、旦那が来るんでしょう」

同心支配掛かりの崎田孫兵衛《さきたまごべえ》という男だ。同心支配掛かりは同心の監督や任免などを行う。また、この同心支配掛かりから町奉行所与力の最高位である年番方《ねんばんかた》になるのであるから、孫兵衛は有能な与力なのだ。

そんな与力が妾など囲っていいのか、そしてその妾に待合茶屋のように逢引きの男女に部屋を貸してやっていいのか。栄次郎は心配になるが、孫兵衛はあまり気にしていない。

「来ないわ。だいじょうぶ。だから、安心して食べていって。きっとよ」

そう言い残し、お秋は部屋を出て行った。

栄次郎は三味線を手にし、構えた。撥で思いきり弾けないので、軽く糸に触れるだけだった。

しばらく経って、厠《かわや》に行こうとした。すると、廊下にひとの気配がしたので、襖《ふすま》を開けようとする手を止めた。

外で囁《ささや》くような話し声が聞こえた。客が引き上げるらしい。

「いけない、忘れ……」

男の声だ。

梯子段のところで、部屋に忘れ物をしたのに気づいたのだろう。部屋に戻る足音がした。しばらくして、男が戻ったのか、再び男の声がした。

「見つからなかった」

「……猿の根付《ねつけ》?」

「おひささんは忘れ……」

「ええ、だいじょうぶよ」

「じゃあ、行こうか。『加納屋《かのうや》』まで駕籠《かご》で……」

ふたりの声は切れ切れに聞こえた。

厠へ行くのを忘れ、栄次郎は窓辺に寄った。夕闇が迫って来た。川べりに向かう男女の姿が目に入った。さっきのふたりのようだ。

女は三十前後か。男はもう少し若いようだ。おやっと思ったのは、男の後ろ姿だ。

背筋がまっすぐに伸び、腰が据《す》わった足の運びだ。剣術の心得がある。町人の格好をしているが、侍ではないかと思った。

女の後ろ姿が寂しそうに、栄次郎の目に映った。

その夜、お秋の家で夕飯を馳走になってから、栄次郎は下谷《したや》の武家地を縫って本郷に向かった。

栄次郎は昼間の男女のことがずっと気になっていた。

女の名はおひさ。ふたりは夫婦者ではない。女は商家の内儀のようだ。『加納屋』まで駕籠で帰るということだろう。

お秋の家に客としてやって来る男女でも、商家の内儀ふうの女と若い男は珍しいし、極めて危険な関係だ。

男は忘れ物をしたようだった。猿の根付らしい。財布か煙草入れについていたものがとれてしまったものと思える。

部屋を片づけたとき、根付が見つかったかどうかお秋にきいてみようかと思ったが、盗み聞きしたようで気が引けた。結局、口にしなかった。

本郷の屋敷に帰り、自分の部屋に入ろうとして、母に呼び止められた。栄次郎はあわてて頭を下げた。

「すみません。遅くなりました」

母は、栄次郎が帰るのを、起きて待っていたのは急用があるのか。

「明日の午後、岩井文兵衛《いわいぶんべえ》どのがお会いしたいとのことです」

文兵衛とは帰って来た翌日にあいさつに行ったが、あいにくと出かけていて会えなかったのだ。その夜に使いの者が言《こと》づけを持って来た。時間がとれたら、こちらから連絡するというものだった。

「わかりました。いつものお寺さんですね」

「そうです。では、もう、時間も遅うございます。早くお休みなさい」

母は毅然とした態度で言う。

「はい。兄上はきょうは?」

「今夜は宿直《とのい》です」

「ああ、そうでしたか」

兄栄之進は御徒目付《かちめつけ》である。若年寄の耳目《じもく》となって旗本や御家人を監督する御目付に属し、事務の補助や巡察・取締りを行う。

きょうは城内の宿直だというのは、今朝聞いたような気がしたことを思い出した。

「あなたは呑気ですね」

母が呆れ返ったように言う。

「すみません」

「では、おやすみなさい」

それ以上は言わずに、母は去って行った。

母に呆れられたことは決して不快なことではなかった。母が、自分の子として扱ってくれている証《あかし》だった。

じつは、栄次郎は矢内家のほんとうの子ではなかった。そのことがはっきりしてからも、栄次郎は矢内家の子としての生き方を選んだ。母も兄も、栄次郎の出自《しゅつじ》にはまったくこだわらず、以前のような態度で接してくれる。そのことが、栄次郎にはうれしいことだった。

## 二

翌日の昼下がり、栄次郎は小石川片町にある寺に岩井文兵衛を訪ねた。

庫裏《くり》の座敷で待っていると、岩井文兵衛がやって来た。

眉が濃くて鼻梁が高い。五十前後だが、若々しく、それでいて年輪を重ねた男の渋みが滲み出ている。そこはかとなく漂わせる男の色気のようなものが文兵衛にはあった。

「先日は失礼した。ここ数日、取り込んでおってな。もう、時間の余裕がとれた」

文兵衛が切り出した。

「無事、江戸に戻って参りました」

改めて、帰って来たあいさつをすると、文兵衛は表情を綻ばせ、

「ようお帰りになられた」

と、上機嫌で言った。

「御前《ごぜん》もお元気そうで安心いたしました」

栄次郎も文兵衛の顔を見てほっとした。

「栄次郎どの、魔物は退散したようだな」

文兵衛は栄次郎の顔をまじまじと見て言う。

「はい。ご心配をおかけしました」

お露のことを話していないが、女のことで喘《あえ》ぐほどに苦しんでいるのだということは文兵衛にはわかっていたようだ。それを魔物にとりつかれていると表現していた。

「旅はいかがだったかな」

文兵衛は久しぶりに栄次郎と会って楽しそうだった。

「はい。旅先でいろいろなことがあり、いい思い出になりました」

「おいおい、その話も聞かせてもらおう。ところで、伊勢の新内語りは？」

「はい。やはり、春蝶さんでした。無事、春蝶さんも江戸に帰って参りました」

「それはよかった」

ふと、文兵衛は目を輝かせ、

「じつは、栄次郎どのの糸で久しぶりに唄いたいと思っている。春蝶もいっしょにどうだ。春蝶の新内を聞いてみたい」

「はい。願ってもないことです。私も御前に春蝶さんの喉を聞いていただきたいと思っていたのです」

「よし、善は急げだ。明日はどうだ？」

いつも文兵衛は薬研堀《やげんぼり》の元柳橋の袂《たもと》にある『久もと』という料理屋に栄次郎を誘ってくれる。

「私はだいじょうぶです。春蝶さんにきいてみます。大師匠に詫びを入れ、吉原で流せるようになっていると思いますので」

「よい。春蝶がだめでも、ふたりでやろう。別の機会に春蝶を呼べばよい。場合によっては、吉原に行ってもよい」

「はい。ありがとうございます」

岩井文兵衛は一橋家二代目治済《はるさだ》の用人《ようにん》をしていた男である。治済は十一代将軍家斉《いえなり》の父親である。栄次郎の父は一橋卿の近習番を務めていた。文兵衛と父はいっしょに働いていたのである。

ところが、数年前になって、とんでない事実が判明した。じつは、栄次郎は治済が旅芸人の女に生ませた子だった。それを、栄次郎の父が自分の子として矢内家に引き取ったのだ。

しかし、このことがわかっても、栄次郎は自分は矢内家の子であることを譲らなかった。場合によっては、栄次郎は尾張六十二万石の太守になれたかもしれない。栄次郎はその話を蹴った。

文兵衛が栄次郎をときたま『久もと』に誘ってくれるのは、そのような関係があるからだけではなかった。

文兵衛は、栄次郎の三味線で唄うことを楽しみにしているのだ。

文兵衛と別れ、栄次郎はその足で、春蝶に会いに行った。

西陽が坂道に射している。栄次郎は団子坂《だんござか》の近くにある棟割《むねわり》長屋の木戸をくぐった。ここは春蝶の弟子の音吉《おときち》が住んでいるところだ。

そもそも、栄次郎が伊勢へ向かったのは、伊勢に春蝶らしい新内語りがいると聞いたからだ。

そして、無事に春蝶を連れ戻すことが出来、江戸に入ると、栄次郎はまっすぐに春蝶とともにこの長屋にやって来た。栄次郎はそのときのことを思い出した。

――春蝶は黙って腰高障子を開けて土間に入った。

薄暗い部屋の奥から音吉が這うように上がり框《がまち》にやって来た。

「音吉、今帰ったぜ」

音吉の顔を見るなり、春蝶は近場《ちかば》から帰ったような口調で言った。だが、音吉は涙を流したまま、しばらく声がきけなかった。

「なんでえ、泣く奴があるか」

春蝶も涙ぐみながら言う。

「師匠。よく、帰ってくださいました」

やっと、音吉は口を開いた。

「師匠。大師匠から許しが出ました。また、富士松《ふじまつ》の名を使い、吉原で語れますぜ」

音吉は涙声で言う。

「音吉。おめえが骨を折ってくれたんだな。素直に礼を言わせてもらうぜ」

春蝶はもとは富士松春蝶という芸名を持った新内語りだったが、芸のわからない客とは喧嘩をするし、俺の芸は師匠を超えたと吹聴《ふいちょう》したり、芸者ともいい仲になったりと、破天荒な生き方を咎《とが》められ、師匠の富士松蝶丸《ちょうまる》から破門されたのだ。

そのため新内語りの活動の場であった吉原から締め出され、弟子の音吉と湯島界隈を流して歩いていた。

その間、春蝶の兄弟弟子《でし》である富士松佐太夫《さだゆう》が何度かやって来て、師匠に詫びを入れろと言って来たが、春蝶は頑としてきかなかった。

ただ、春蝶が音吉だけは大師匠のもとに預けた。そして、自分は加賀に行くと言って江戸を離れて行った。そして、いったん江戸に帰ったものの、再び、江戸を発った。

その後、杳《よう》として不明だった消息が知れた。伊勢に名人の新内語りがいると聞き、傷心を癒すために旅に出ようとしていた栄次郎は春蝶を迎えに行こうとしたのだ。

「師匠。明日、さっそく大師匠のところに行ってくださいますね」

音吉は念を押した。

「行くぜ。おめえの顔を潰すような真似は出来ねえ」

春蝶は顔を皺だらけにして笑った。

あのときの春蝶の顔を思い出すと、覚えず栄次郎も顔が綻んでくる。春蝶と音吉の師弟愛を目《ま》の当たりにして、栄次郎も仕合わせな気分になったのだ。

栄次郎は長屋の路地を入り、音吉の家の前に立った。すると、中から三味線の音が聞こえた。

『蘭蝶《らんちょう》』を浚っているのだ。さすがに素晴らしい音締めに、春蝶のかんのきいた声。

栄次郎は戸障子に手をかけるのも忘れ、身内が震える思いで聞きほれていた。

三味の音が止んだ。

夢から覚めたように、栄次郎ははっと我に返った。そして、戸障子を開けた。

「あっ、栄次郎さん」

音吉が声をかけた。

「すばらしいですね。体がぞくぞくしました」

栄次郎は素直に言う。

「ええ、師匠の声はまた一段と磨きがかかったようです。なんとも言えぬ声の艶、そこに人生の苦みが滲み出ていて、三味線を弾いているあっしでさえも興奮しちまいました」

音吉が感嘆する。

「よせやい」

髭もあたり、新しい小紋の着流しの春蝶は病気もすっかり回復したせいか、若返ったようだ。

「さあ、栄次郎さん。狭いところですが、お上がりください」

音吉が場所を空けた。

「いえ、私はここで」

そう言い、栄次郎は上がり框に腰を下ろした。

「大師匠への挨拶はいかがでしたか」

栄次郎はまず気になっていたことをきいた。

「ええ、師匠が頭を下げてくださったので、無事にすみました。正式に、破門は解かれました」

音吉がうれしそうに言う。

「そうですか。それはよかった。じゃあ、これから吉原で語れるのですね」

「おかげさまで」

　春蝶は若々しい声で応じた。

「そうなると、忙しくなりますね。じゃあ、明日は……」

　栄次郎の表情が曇ったのを春蝶は見逃さなかった。

「栄次郎さん。何か」

　春蝶がきく。

「じつは、以前にお話したかもしれませんが、私が親しくさせていただいている岩井文兵衛さまがぜひ一度、春蝶さんの喉を聞きたいと所望しているのです。明日の夜、お時間がとれたらと思ったのですが」

「喜んで行かせてもらいますぜ」

「でも、吉原の仕事が？」

「昼間だけで、夜は時間をとります」

「そうですか。よかった」

　栄次郎は素直に喜んだ。

「では、明日の夕方、お迎えに上がります」

栄次郎は立ち上がって言う。

「いえ、場所を教えていただければ出向きます」

「そうですか。薬研堀の元柳橋の傍らにある『久もと』という料理屋です。暮六つ(午後六時)には私は行っていますので。では、音吉さん。失礼します」

「栄次郎さん。いろいろありがとうございました」

音吉が頭を下げた。

「このようによい形になったのも、音吉さんの師匠を思う気持ちがあったからですよ」

栄次郎はそう言い、音吉の家を出た。

すっきりした気持ちで長屋木戸をくぐったとき、いきなり走り出して去って行く若い男の後ろ姿を見た。まるで、栄次郎から逃げるように思えた。

顔はわからなかったが、二十歳ぐらいだ。しかし、栄次郎には心当たりはない。逃げて行ったと思うのは気のせいかもしれない。

栄次郎は不忍池をまわって、鳥越に向かった。

再来月の市村座に向けての稽古だった。

# 三

翌日の午後、栄次郎はお秋の家の二階にいた。

向こうの部屋に客が来ていないので、気兼ねなく三味線の稽古が出来た。稽古事に限らず何事にも日々の鍛練が必要だと思うが、春蝶の声や三味線の音を聞いていると、いかに生きざまが芸に反映されるかを思い知らされる。

栄次郎は武士として生きるより、芸の道で生きたいとひそかに思っている。武士をすててもよいとさえ思っている。

むろん、部屋住みの次男坊がお役に就くにはどこかの家に養子に行くなどの手立てしかない。が、栄次郎の場合にはその気になりさえすれば、どんなお役に就くことも可能だ。

望めば、岩井文兵衛が骨折りをしてくれるだろう。大御所《おおごしょ》治済の子という立場を利用すれば、ある程度の我が儘もきくだろう。

だが、栄次郎はそのような生き方を潔《いさぎよ》しとしなかった。それより、自分の精進だけが唯一の武器である芸道に我が身を置いておきたかった。

芸に貴賤も門地も関係ない。確かに、金がありゆとりがあれば、その日暮らしで稽古の時間もとれない人間に比べ、優れた師匠につき、思う存分稽古をすることが出来るかもしれない。

だが、技量は確かに上達するだろうが、芸はそれだけではない。それを超える何かが必要なのだ。その何かは、その人間の生きざまから生まれるものだ。春蝶を見ていて、そう思うのだ。

梯子段を駆け上がる足音がし、部屋の前で止まった。

「栄次郎さん、開けます」

そう言う声がして、おゆうが顔を出した。

「おゆうさん。どうしたんだね。そんな息せき切って」

撥を持つ手を休め、栄次郎は不思議そうにきいた。

「栄次郎さま。ひどい」

いきなり、おゆうが怒りだした。

「おゆうさん。どうしたんだ？」

「知りません」

向かい合って座ってから、おゆうはつんと横を向いた。

三味線を脇に置き、栄次郎は改めて、

「おゆうさん。はっきり言ってもらわねばわからない。私が何かいけないことをしたか」

と、すねているおゆうの横顔を見つめた。

「何かいけないことをしたかじゃありません。栄次郎さん、いつ江戸にお帰りになったのですか」

ああ、そのことかと、栄次郎は合点《がてん》した。

「一昨日はお稽古にお見えになったそうじゃありませんか。それなのに、なぜ、私のところに顔を出していただけなかったのですか。栄次郎さんが旅に出ている間、私がどんな思いで無事を祈って願掛けを……」

感極まったのか、おゆうは泣き声になった。

「あのとき、おゆうさんが来るのを待っていたのだ。でも、なかなか来ないので、引き上げてしまった。すまない。このとおりだ」

栄次郎は素直に謝った。

「では、なぜ、家に寄ってくださらなかったのですか」

「私が顔を出せば、政五郎親方をはじめ、若い衆たちに気を遣わせてしまいます。それより、私が帰ったことを知れば、おゆうさんはきっとここに訪ねて来てくれる。そう思って、ここで待っていたんです」

栄次郎はおゆうに微笑みかけた。

「嘘」

「嘘ではありません」

「ほんとう？」

「ええ、ほんとうです」

おゆうの表情にやわらかみが蘇《よみがえ》った。

「そうそう」

栄次郎は立ち上がり、部屋の隅に置いてあった風呂敷包みを手にし、元の場所に戻った。

「気に入ってもらえるかわからないけど」

そう言い、栄次郎は包みを解いた。

木綿の地に絞り染めをした染手拭いである。有松《ありまつ》絞りである。

「まあ、すてき」

おゆうは目を輝かせた。

「栄次郎さま。ありがとう」

おゆうは無邪気に喜んでいた。

ふと、廊下に足音がした。逢引きの客がやって来たらしい。

お秋が入って来た。

「あら、きれいだこと」

染手拭いに目をやり、お秋の顔つきが変わった。

「私には？」

「えっ？」

覚えずきき返した。

お秋が片目を瞑って見せたので、栄次郎は合点した。

状況を察して、お秋は芝居を打ってくれたのだ。

「おゆうさんだけなんですね。土産は……」

「お秋さん。すみません」

芝居を打ってくれたことに対する礼のつもりだったが、おゆうには土産を買ってこなかったことの詫びに聞こえたようだ。

「栄次郎さん。大事にします」

おゆうはうれしそうに言う。

お秋は苦笑してから、真顔になった。

「栄次郎さん。ごめんなさい。また、入ったの」

逢引きの客のことだ。

「わかりました。今、なんどきでしょうか」

「さっき、七つ（四時）を過ぎましたから」

「そうですか。では、おゆうさんを送りがてら引き上げます」

薬研堀の『久もと』に行くには早すぎるが、男女の激しい息づかいが聞こえて来る前に、おゆうを外に連れ出したかった。

「おゆうさん、行きましょうか」

栄次郎が言うと、

「はい」

と、おゆうは弾んだ声で応えた。

おゆうといっしょにお秋の家を出た。

蔵前通りに出て、浅草御門に向かう。

「栄次郎さま。旅先ではいかがでしたか」

「ずっと新八《しんぱち》さんといっしょでしたから」

「えっ、新八さんと？　新八さんはお父さまが病気で倒れられたので相模《さがみ》に帰ったのではないのですか」

「そうでした。そうでしたね」

栄次郎はあわてた。新八が江戸を離れる理由を父親の病気のせいにしたのだ。相模に帰ったはずの新八が東海道を栄次郎といっしょに旅するのは不自然だった。

相模の大金持ちの子で、江戸に浄瑠璃を習いに来ていると言っていたが、実際は豪商の屋敷や大名屋敷、富裕な旗本屋敷を専門に狙う盗人だった。

ある旗本屋敷に忍び込んだとき、旗本の当主が女中を手込めにしようとしているのを天井裏から見て、義侠心から女を助けた。そのことで、足がついてしまったのだ。

「じつは、ある事情から新八さんは江戸を離れなければならなくなったのです」

江戸を離れたのは、奉行所の役人の手から逃げるためだった。

「何か複雑なわけがありそうですね」

「折りをみて、お話をしますが、しばらく新八さんのことはそっとしてやってください」

「わかりました」

おゆうの住まいは神田佐久間町にある。『ほ』組の政五郎の家である。鳶《とび》の若い者がおおぜい暮らしている。

そこの近くまでおゆうを見送り、栄次郎は和泉橋を渡った。

夕方になると、涼しい風が吹き出す。草むらから虫の音が聞こえて来た。だが、ひとの気配に気づいてか、近づくと虫の音が止んだ。

目の前を数人の男が駆けて行く。柳原の土手にある柳森神社の方角だ。その中に尻《しり》端折《はしよ》りをした年配の男の顔が目に飛び込んだ。確か、新八のことで事情をききに来たことがある磯平《いそへい》という岡っ引きだ。

新八のことで何かあったのか。まさかと思ったが、栄次郎は気になってあとを追った。

磯平は柳森神社に入って行った。栄次郎も遅れて鳥居をくぐった。

境内に、野次馬らしき男女が社殿の横手に目をやっていた。栄次郎は野次馬のひとりに声をかけた。

「何があったのですか」

社殿の横手に数人の男がいる。磯平の顔も見える。

「心中らしゅうございます」

商人らしい男が振り向いて言った。

「心中……」

栄次郎の胸に何か突き刺さったような痛みが走った。お露のことが脳裏を過《よぎ》ったのだ。だが、それも一瞬だった。

「女は、『加納屋』の内儀らしい」

そう言ったのは、職人体《てい》の男だ。

「『加納屋』?」

「本町にある足袋《たび》問屋ですよ。さっき、町役人《ちようやくにん》がそんなことを話してましたぜ」

栄次郎の記憶が蘇る。

お秋の家で逢引きをしていた男女の会話の中に『加納屋』の名が出ていた。それに、女は商家の内儀のようだった。

あのときのふたりだろうか。

栄次郎は野次馬をかき分け、前に出た。

「お侍さん。なんですね」

岡っ引きの手下が栄次郎を非難するように言う。

「ちょっとほとけさんを見せていただけませんか」

栄次郎は頼んだ。

「おや、あなたさまは？　杵屋吉右衛門師匠のところの？」

磯平が栄次郎に気づいた。

「はい。矢内栄次郎です」

「ほとけを知っているんですかえ」

「『加納屋』の内儀さんというのはほんとうなんですか」

「ええ。内儀さんの顔を知っている者がおりましてね。今、『加納屋』に知らせにやりました」

「『加納屋』の内儀さんの名は何というんですか」

「おひさです」

「おひさ……」

あの女もおひさと呼ばれていたのだ。

「男は誰なんですか」

「いや、わかりません。商家の手代ふうな男です」

「商家の手代ふう？」

栄次郎は小首を傾げ、

「顔を確かめさせてもらえませんか」

と、頼んだ。

「何か心当たりでも？」

「まだ、はっきりとは」

「そうですか。いいでしょう。どうぞ」

磯平は横たわっている男のそばに行った。

「どうぞ」

筵《むしろ》をめくった。青白い男の顔が現れた。

栄次郎は合掌してから死体を見た。首に紐のあとがあるのは、首をくったのだろう。傍らにある松の樹の枝に縄が垂れていた。

「どうですか」

「違いました」

「そうですか」

磯平は少し落胆したように言う。

「内儀さんのほうも、いいですか」

頷いてから、磯平はもうひとつのほとけのところに移動し、筵をめくった。

女の首にも青い痣《あざ》があったが、こっちは首を絞められたのだ。

「内儀さんの首を絞めたあと、男は首をくくったんでしょう」

もう一度、合掌してから、栄次郎は立ち上がった。

「すみません。ひと違いのようでした。お騒がせしました」

磯平は怪しむような目を向けていた。

果たして、お秋の家の逢引き客かどうかわからない。しかし、お秋の家で見かけた女はおひさという名で、『加納屋』に関係あるようだった。

やはり、あのときのふたりのような気がした。だが、一方的だが、多少なりとも縁のあったふたりの死は栄次郎の心に重たいものを残した。

栄次郎は鳥居を出た。そして、柳原通りから両国広小路を突っ切り、薬研堀に急いだ。だが、心中したふたりのことが脳裏に残っていた。

## 四

栄次郎は元柳橋の傍《かたわ》らにある『久もと』の座敷に上がった。

すでに、文兵衛は来ていた。優雅な姿で、酒を呑んでいた。いかにも遊び馴れした雰囲気を醸《かも》しだしている。

「遅くなりました」

栄次郎はあいさつし、用意された席についた。

「栄次郎どの。なんだか、表情が晴れぬようだが」

文兵衛が目ざとく見抜いてきいた。

「申し訳ございません。じつは、柳森神社で心中があったそうで、つい野次馬根性を出してしまいました」

栄次郎は正直に話した。

「心中とな。この世で結ばれぬ運命のふたりにはそれしか手立てがなかったのか」

文兵衛もしんみり言ったあと、

「まあ、そのふたりの供養とも思い、まず一献」

と、仲居に酌をするように勧めた。

「では」

栄次郎は盃をとった。

最初はまったくの下戸《げこ》で、盃に一杯呑んだだけで、もう気分が悪くなったものだが、お露とのことでは酒浸りになり、今ではある程度まで呑めるようになっていた。

栄次郎が盃を呑み干すと、文兵衛はにやりと笑った。

「栄次郎どの、変われば変わるものだ」

ひと口呑んで顔を真っ赤にしていたのを知っているので、文兵衛は笑いながら言った。

「お酒がこんなにおいしいとはじめて知った心地がします」

栄次郎は仲居の酌を受けながら言う。

「結構、結構」

文兵衛は脇息《きょうそく》にもたれながら、目を細めて栄次郎を見ていたが、

「旅先で、何かよいことでもあったのではないか」

「いえ、別に……」

一瞬、栄次郎は旅先でのいろいろな出来事が入り乱れて蘇った。

「そろそろ、春蝶さんがお見えになる頃です」

栄次郎は新たな酒を呑み干してから言った。

「うむ。春蝶の喉を聞けるのは楽しみだ」

文兵衛は満足そうに言う。

文兵衛は端唄《はうた》をやり、栄次郎の三味線で端唄を披露するのを楽しみにしていた。

春蝶のことは、いつも話しているので、ぜひ一度、春蝶の新内を聞いてみたいと言っていた。春蝶と文兵衛を引き合わせたいと思っていた望みが、やっときょう実現出来るので、栄次郎も少し昂《たかぶ》ってきた。

「失礼します」

襖が開いて、女将《おかみ》が顔を出した。

「お連れさまがお見えでございます」

「来ましたか」

栄次郎は立ち上がり、次の間に行くと、春蝶が控えていた。

「さあ、春蝶さん。どうぞ」

「へい」

春蝶は三味線を持って部屋に入った。

「御前。富士松春蝶さんです。春蝶さん。岩井文兵衛さまです。私たちは御前とお呼びしています」

栄次郎はふたりを引き合わせた。

「春蝶でございます。今宵はお招きいただき、ありがとうぞんじます」

春蝶は小柄な体を丸めるようにしてあいさつする。

「硬いあいさつは抜きだ。女将」

文兵衛は女将に酌をするように言いつけた。

「はい。さあ、どうぞ」

「春蝶、遠慮するな。今宵はそなたを新内語りとして呼んだのではない。友として招いたのだ」

文兵衛は目尻を下げて言う。

「もったいないお言葉」

「なに、栄次郎どのの友であれば、わしにも友だ」

春蝶も文兵衛と歳はたいして変わらないはずだが、春蝶のほうが老けて見える。だが、春蝶には不思議な色気がある。

それは文兵衛の醸しだす雰囲気とは少し違う色気だ。遊蕩に耽り、人間の裏側を知り、人情の機微に長けている文兵衛の優雅さに比べ、春蝶には分別のない破天荒な危うさがある。そんな違いが男の色気にもまるで正反対に出ている。そんな気がした。

文兵衛と春蝶は気が合ったらしく、楽しく語らっている。これほど、ゆったりとした春蝶を見るのははじめてだった。

「春蝶。そろそろ、新内の触りだけでも聞かせてもらえないか」

文兵衛が言う。

「よございます。栄次郎さん、上調子《うわ》をお願い出来ますかえ」

春蝶が栄次郎に声をかけた。二丁の三味線でそれぞれ高音部と低音部を弾いて合奏する。高音のほうを上調子という。

「喜んで。でも、クドキの部分だけですが」

クドキとは心情をかきくどく部分で、一番の聞きどころだ。栄次郎はこの部分だけを春蝶から習っていた。

栄次郎は芸者から三味線を借り、糸に枷《かせ》をはめて高音が出るようにした。春蝶は低音で、本手《ほんて》を弾く。

「では、『明烏《あけがらす》』を」

三味線を構えた春蝶が撥を打ち下ろした。

本手の低音に上調子の高音が絡み合い、独特の哀切な情緒のある音が座敷に流れた。

……起請誓詞はみんな仇

どうで死なんす覚悟なら

三途の川もコレこのように
ふたり手を取り諸共と
なぜに言うてはくださんせぬ
わたしを殺さぬおまえの心
うれしいようでわしは厭じゃ

春蝶の振り絞るようなかんのきいた声が文兵衛の胸に切なく響いたようだ。

終わったあとも、しばらく文兵衛は目を閉じたまま声を失っていた。

そして、ようやく夢から覚めたように顔を上げた。

「身と心に染みた。激しい衝撃を受けた。わしはこれほどの新内を聞いたことがない。春蝶の声を聞いていて、わしは心の臓を鷲摑みされたようになった」

文兵衛は絶賛し、付け加えた。

「おまえさんの生きざまがすべて声の艶になっている」

「ありがたき、お言葉」

春蝶は素直に喜んでから、

「今度は御前の喉をお聞かせください」

と、文兵衛に勧めた。

「いや。今の声を聞いたあとでは唄えぬ。勘弁してもらう」

「御前。しばらくあとで聞かせてください」

栄次郎は文兵衛に言い、

「春蝶さん」

と、顔を春蝶に向けた。

「宮《みや》の宿《しゅく》で聞いた俚謡《りよう》の都々逸節《どどいつぶし》を聞かせてくださいませんか」

栄次郎が言うと、文兵衛が興味を示した。

「都々逸節とな」

文兵衛が身を乗り出した。

「はい。伊勢の帰りに泊まりました宮の宿で、隣りの旅籠《はたご》の宴席から聞こえて来たのが都々逸節です。春蝶さんも面白いといって、覚えていました」

栄次郎は説明した。

東海道宮の宿とは、名古屋の熱田神宮近くにある宿場である。春蝶がぜひ覚えたいというので、そこで二泊し、土地の芸者の手ほどきを受けたのである。

「その都々逸節、ぜひ聞いてみたい」

文兵衛は目を輝かせた。

「それじゃ、お聞きねがいましょうか。都々逸節も俚謡のひとつでございます」

春蝶は撥を構えた。

橋の上から文とり落とし、水にふたりが名を残す
そいつはどいつじゃどいつじゃ　ドドイツドイドイ

きつと抱きしめ顔うち眺め　かうもかはゆいものかいな
そいつはどいつじゃどいつじゃ　ドドイツドイドイ

「なるほど。面白いものだ」

文兵衛は気に入ったらしい。

「じつは、今のは私が宮の宿で教わったとおりの節廻しで唄わせていただきました。この節廻しをもとに、私流の節を作りました。最後の囃子詞《はやしことば》は抜きました。それを、お聞きくださいましょうか」

春蝶は遠慮がちに言った。

「うむ。聞かせてもらおう」

文兵衛も言う。

「まず、他の俚謡の借り物でございますが、この文句から」

と、春蝶は撥を軽く糸に当てる。

テトンテトシャン、と糸を弾き、

恋にこがれて　泣く蟬よりも
なかぬ蛍が　身をこがす

「なるほど。なかなか小粋なものだ。他からの借り物といったが、そういえばこの文句は何かで唄われていたな」

文兵衛はますます好奇心を募らせた。

「はい。元禄の頃から唄われているようです。もっとも、節廻しはまったく違います。今は私が自己流で節をつけたもの」

そして、春蝶は、

「端唄の『秋の七草』にも同じ文句が」

と言い、三味線を弾いて、

秋の七草　虫の音に
鳴かぬ蛍が身をこがす
君と松虫　鳴く音も細る
恋という字を大切に

「うむ。そうだ。そこに出て来た」

文兵衛は満足そうに言い、

「他にあれば聞かせてくれ」

「はい」

春蝶は再び弾きはじめた。

いろの恋のと　さてやかましい
ひとのせぬこと　するじゃなし

惚れた証拠にゃ　お前のくせが
みんなわたしが　くせとなる

ぬしによう似た　やや子を産んで
川という字で　寝てみたい

なんという艶っぽい声なんだと、栄次郎は感嘆した。いや、声ばかりではない。三味線を弾き、唄っている春蝶の姿がたとえようもなく色っぽいのだ。

聞いていた女将や芸者がうっとりとしている。

「春蝶、見事よな。その色気はどうやって磨かれたものか」

さしもの文兵衛が興奮している。

「天性のものもあるだろうが、それだけではない。さぞかし、女を泣かせ、そして己も傷ついてきたのであろうな」

「恐れ入ります」

「春蝶。これは世間に受ける。春蝶が座敷で唄えば、諸国に広まる」

すっかり、感銘した文兵衛はじかに盃をとらせた。

栄次郎は春蝶とともに『久もと』を出た。

「栄次郎さん。すっかり楽しませていただきました。ありがとうございました」

春蝶が礼を言った。

「いや、あんなに興奮した御前を見たのははじめてです。おかげで、私も鼻が高いというものです。礼を言うのは私のほうです」

栄次郎は柳原通りに足を向けて言う。

酔心地に、頬をなでるような夜風が心をも浮き立たせた。

「春蝶さん。吉原にはもう出ているんですか」

栄次郎がきいたが、春蝶からすぐに返事はなかった。

「どうなることやら」

春蝶がぽつりと言った。

「えっ、どういうことですか」

驚いて、栄次郎は問い返した。

「いえ、なんでも。吉原に出ています。ご安心ください」

何か意味深な感じがしたが、それ以上きいても、春蝶は何も答えないような気がした。

それからなんとなく話の接ぎ穂を失い、押し黙ったまま八辻ヶ原を突っ切り、筋違《すじかい》御門《ごもん》をくぐった。

橋を渡ったところで、栄次郎は自分たちの後ろをついてくる男を気にした。初めは行き先がいっしょなのかと思ったが、そうではないようだ。

あとをつけて来るのは遊び人ふうの男だ。栄次郎には心当たりはない。では、春蝶目当てか。しかし、春蝶を付け狙う者がいるとは思われなかった。

下谷広小路を過ぎて三橋《みはし》に差しかかった。不忍池から流れる忍川《しのぶがわ》にかかる、三つの小橋である。

その橋の手前で、春蝶が立ち止まった。

「栄次郎さん。あっしはひとりでだいじょうぶです」

「しかし」

栄次郎は千駄木《せんだぎ》まで送って行くつもりだった。

「こんな年寄りを襲うばかな人間がいるとは思えません。これ以上、栄次郎さんにご迷惑をおかけするわけには参りません」

「迷惑なんて」

あくまでも送っていくつもりでいたが、栄次郎はふと思いなおした。

「そうですか。わかりました」

つけて来る男のことを考え、栄次郎は素直に引き下がった。狙いが栄次郎だとしたら、春蝶に迷惑がかかってしまう。そう思って、ここで別れることにした。

「それでは、ここで失礼します。春蝶さん。お気をつけて」

少しばかり心残りで立ち去りがたかったが、栄次郎は別れを告げた。

「へい。じゃあ、ここで」

春蝶は三味線を手に、不忍池のほうに歩きだした。

小柄な体が暗がりに消えてから、栄次郎は湯島のほうに歩きだした。背中に注意を向けたが、背後から気配が消えている。

立ち止まって振り返る。つけている者の姿はない。

しまった、と舌打ちし、栄次郎は引き返した。

そして、三橋を渡り、不忍池の方向に走った。

不忍弁財天の参道前を過ぎると、左手は池で、右手は寛永寺の寺内である上野の山だ。月明かりだけが闇を照らしている。

栄次郎は走った。前方で、ふたつの影がもつれあっているのが見えた。きらりと光ったのは、匕首《あいくち》の刃が月光を反射したのだ。

「待て」

栄次郎は叫びながら駆けた。

男の動きが止まった。頬被りをしている。いきなり、男は逃げ出した。

栄次郎は倒れている春蝶のそばに駆け寄った。

「春蝶さん、だいじょうぶですか」

「だいじょうぶです。だが、三味線がこんなになっちまった」

相手が突き出した匕首の刃が三味線の胴に当たり、皮を裂いた。三味線が春蝶の身を守ったのだ。

「何者なのか、心当たりはありませんか」

「いえ……」

青ざめた顔で言ったが、春蝶は目を逸らした。

「男は何か言いませんでしたか」

「いえ、何も」

春蝶の態度がおかしい。相手に心当たりがある。そんな気がした。だが、春蝶は何も言おうとしなかった。

栄次郎は先日のことを思い出した。春蝶を訪ねた帰りだ、長屋木戸を出たとき、いきなり走り去って行った若い男の後ろ姿を見た。

あのときの男か。顔はわからなかったが、背格好は似ているようだ。単なる物取りではない。春蝶を付け狙っていたらしい。

「春蝶さん。誰だかわかりませんが、春蝶さんを狙っている者がいます。これからは注意をしてください。あまり、ひとりで出かけないほうがいいですよ」

「へい」

春蝶は戸惑い顔で頷いた。

栄次郎は団子坂にある長屋まで春蝶を送って行った。

# 五

翌日の午後、吉右衛門師匠のところでの稽古を終えてから、お秋の家に行った。

二階の部屋に入って、すぐ三味線の稽古をした。

再来月の市村座は、いつものように兄弟子《でし》の杵屋吉太郎《きちたろう》こと坂本東次郎《さかもととうじろう》といっしょだ。坂本東次郎は旗本の次男坊である。久しぶりの舞台に、栄次郎は胸が躍っている。

稽古に身が入る。演し物は『藤娘』である。

何度か浚って、三味線を置いたとき、ちょうどお秋がやって来た。すでに、部屋の中は薄暗くなっていた。もうそんな時間かと、栄次郎は驚いた。

「お客ですか」

三味線を遠慮しなければならないので、すぐに確かめた。

「いえ、違うんです。いま旦那がやって来て、栄次郎さんと呑みたいと言っているんです。どうしますか。いやなら、断ってくださって結構ですよ」

お秋は行灯《あんどん》に火を入れて言う。

八丁堀与力の崎田孫兵衛である。『加納屋』の内儀の件で、報告を受けていたら、少し聞き出してみたい。そういう魂胆《こんたん》もあったので、

「せっかくのお誘いですからご相伴《しょうばん》に預からせていただきます」

と、栄次郎は招きを受けることにした。

「いいの？」

お秋は念を押す。

「ええ」

「私への気兼ねだったら……」

「違います。たまには、崎田さまと呑むのもいいかなと思ったんですよ」

「ならいいけど。じゃあ、支度が出来たらお呼びしますからね」

お秋が出て行こうとするのを、栄次郎は呼び止めた。

「お秋さん。この前のふたりの顔を覚えていますか」

「この前の？」

「ほら、商家の内儀ふうな女と間夫《まぶ》のような男」

「あのふたりは何度かお見えですから、顔は覚えています。それが何か」

お秋が怪訝そうな顔をした。

「いえ」

栄次郎は言うか言うまいか迷った。

「栄次郎さん、仰《おっしゃ》ってくださいな」

「ふたりが帰るとき、話し声を耳にしたんです。そしたら、男のほうが猿の根付がなかったと言ってました」

「ああ、やっぱり、あれはあのひとたちだったのね」

「あったのですか」

「ええ。今度来たら、きいてみようと思っていたんですよ」

「そうですか」

その根付の持ち主は死んでいる。そう言ったら、お秋は驚くだろう。

「これよ」

お秋は帯の間にはさんであったものを取り出した。布に包んである。布を広げると、猿の根付が出て来た。栄次郎は手にとった。

かなり精巧なものだ。名のある職人がこしらえたものかもしれない。川べりを歩いて行く男を思い出す。口調は町人ふうだったが、足の運びや腰の据わり方で侍ではないかと思ったのだ。

お秋は栄次郎に根付を預けたまま部屋を出て行った。

栄次郎はしばらく根付を見ていた。

ふと、春蝶の新内が聞こえたような気がした。心中に至るふたりの切ない思いが胸に迫ってくる。

男は元は侍だった。そして、女は大店の内儀。道ならぬ恋に落ちた男と女の行き着く先は心中でしかなかった。

しかし、あのふたりに死に急ぐ気配はなかったようだが……。

障子が開いて、お秋が呼びに来た。

「すぐ行きます。あっ、お秋さん。これ」

栄次郎は根付を返した。

階下に行くと、崎田孫兵衛がもう酒を呑んでいた。

「矢内さん。久しぶりですな。旅に出ていたそうだが」

孫兵衛がきく。

「はい。伊勢まで行って参りました」

お秋の酌を受けながら応じた。

「ほう、伊勢ですか。矢内さんがいない間、こいつの機嫌が悪くて困った」

孫兵衛は引きつったような笑い声を上げた。

「冗談はやめてくださいな」

孫兵衛に言ったあと、お秋は栄次郎を見つめ、目顔で何か言った。適当に受け流せ、
ということだろう。

栄次郎は話題を移すように、

「崎田さまは伊勢に行ったことはございますか」

と、訊ねた。

「いや、ないな。若い頃、沼津まで出張したことはあるが、その先は知らぬ。一度は

伊勢に行ってみたいものだ」

「旦那。いつか連れて行ってくださいな」

お秋が孫兵衛に甘えるような声を出した。

「そうだの。そのうちにな」

「ほんとうですよ」

「ああ、ほんとうだ」

お秋に甘えられ、孫兵衛はすっかり鼻の下を伸ばしている。

栄次郎は何杯かお代わりをした。

「なんと、矢内どのは酒が呑めるようになったか」

孫兵衛が驚く。

「はい。少しだけ、いけるようになりました」

「いったい、何があったのだ？」

孫兵衛は好奇心を剝き出しにした。

「別に」

「いや。女子であろう。何かあったな」

孫兵衛は酒が入ってくると、だんだん絡《から》むようになってくる。そろそろ退散したほうがいいと思った。

そのとき、あの根付を思い出した。

「きのう柳森神社で心中騒ぎがあったようでございますね」

栄次郎はさりげなく話題にした。

「うむ。あれか」

「女は『加納屋』の内儀さんだそうですが?」

「そうだ。だいぶ前から不義密通を重ねていたようだ。よくある話だ」

興味なさそうに、孫兵衛は言う。

「男の身許はわかったのですか」

「『加納屋』の手代だ」

「手代?」

栄次郎はおやっと思った。手代のようではなかった。後ろ姿を見て、侍だと見抜いた。それに、あのような立派な根付を手代が持っていたとは思えない。

すると、あの男女は、ここにやって来た男女とは別人なのか。しかし、男は女のことを、おひささんと『加納屋』の内儀の名を呼んだのだ。手代ならおかみさんと言うはずではないか。

孫兵衛が厠に立った隙に、お秋にあとのことを頼み、栄次郎は引き上げた。

翌日の昼前、栄次郎は本町にある『加納屋』に行って見た。

中ぐらいの規模の店だ。大戸が閉まり、玄関には忌中《きちゆう》の張り紙がしてある。

死んだのは『加納屋』の内儀に間違いないようだ。だが、お秋の家を利用していた女かどうかわからない。

ふいに玄関からひとが出て来た。紺の股引きに着物を尻端折《しりはしよ》りした年配の男である。岡っ引きの磯平だった。

「おや、矢内さまじゃありませんか」

「はあ、どうも」

「『加納屋』に何か」

「柳森神社で亡骸《なきがら》を見たせいか、とても気になりましてね」

「そうですかえ」

磯平は疑わしげに栄次郎の顔を見た。

「やはり、亡くなったのは『加納屋』の内儀さんですか」

「そうです。相手が手代の友吉《ともきち》だというので、加納屋も相当な衝撃を受けています」

「そうでしょうね」

栄次郎は迷いながら、

「手代の友吉と内儀さんが不義密通をしていたというのは間違いないのですか」

家から離れながら、栄次郎はきいた。

「ええ、間違いありません。加納屋も薄々勘づいていたようですから」

「気づいていた？」

「ええ。逃れられぬ証拠を見つけて問いただそうとしていた矢先だったそうです」

「そうですか」

亭主にばれてしまったことが、死に走った理由なのかもしれない。

しかし、やはり相手が手代だということに引っかかる。

「くどいようですが、この件にはまったく疑いを挟むようなことはないのですね」

「矢内さま。何か、ご不審な点でも？」

磯平が今度ははっきりした口調できいた。

「ええ、ちょっと」

お秋の家で見かけたとは言えない。逢引き客に部屋を貸していたなどおおっぴらに出来ることではなかった。

「じつは、三日前に厩《うまや》の渡し場の近くで、ひと目を憚《はばか》るような男女とすれ違いました。そのとき、男のほうは女のひとをおひさと呼んでいたんです。さらに『加納屋』とも口にしたのです」

「じゃあ、それが手代の友吉と内儀さんだったんでしょうね」

「ただ……」

栄次郎は言いよどんだ。

「ただ、なんですかえ」

磯平が真顔になっている。

「男のほうは町人の格好でしたが、一部の隙もない態度は侍のようでした」

「それはへんですぜ。友吉っていうのは、どちらかというとなよなよした感じの男だったということです。ひと違いかもしれませんぜ」

「そうですね」

はっきり顔を見たわけではないので、栄次郎も断定出来ない。

「もう、よろしいですかえ」

磯平が町角できいた。

「どうも勝手にお騒がせしたようです」

「矢内さん。お住まいはどちらですかえ。もし、何か不審な点でも見つかったら、お訊ねに上がるかもしれませんので」

「そうですか。浅草黒船町にお秋というひとの家があります。八丁堀与力の崎田孫兵衛さまの妹御の家です。だいたい日中はそこにいることが多いのです」

「崎田さまですか」

磯平は目を丸くした。

「わかりやした。何かあったら、そこに矢内さんをお訪ねします」

磯平はそう言い、栄次郎と別れて行った。


それから、栄次郎は団子坂の春蝶のところに足を向けた。

一昨日の夜は長屋まで送り、ちょうど帰っていた音吉に、事情を話し、春蝶をひとりにしないように頼んだ。

須田町を過ぎ、筋違御門をくぐって下谷広小路に出た。そして、不忍池の辺《ほとり》に向かう。弁財天の参道前を過ぎると、一昨日、春蝶が襲われた場所だ。

いったい、何者なのか。春蝶にどんな怨みがあるというのか。しかし、自分を狙った男を、春蝶は知っているような気がするのだ。

千駄木にやって来て団子坂を上がる。

音吉の住む長屋の木戸をくぐった。家の前に立ったが、きょうは三味線の音は聞こえて来ない。

留守かと思いながら、腰高障子を開けた。奥にひと影があった。薄暗い部屋に小さな体を丸めて、春蝶が徳利を抱えていた。

「春蝶さん」

栄次郎は声をかけた。

春蝶が虚ろな目を向けた。何かあった。そう思うほど、春蝶の顔から生気が失せていた。栄次郎は啞然としながら、

「春蝶さん、どうかしたのですか」

と、上がり框に腰をおろしてきいた。

「栄次郎さん。すまねえ」

いきなり、春蝶が居住まいを正して腰を折った。

「春蝶さん。いったい、どうしたって言うんですか」

春蝶はいっぺんに老け込んだように思えた。

「俺って奴はだめな男だ」

春蝶は自分を責めた。

「さあ、聞かせてください」

栄次郎は、春蝶が話しはじめるのを待った。

「また、しくじってしまった」

「しくじる?」

「へえ、大師匠と喧嘩をしてしまった。また、破門になった」

「破門ですか」

許しを得てから、まだ数日しか経ってない。

「詳しく話してくださいな」

「へえ。きのう、ある宴席に大師匠とあっしが呼ばれやした。そこで、ひとくさり語りました。お客さんはたいそう喜んでくださいました。そんとき、大師匠があっしの声を下品極まりないと腐したんです。あっしが客に褒められたのが面白くなかったようです。宴席ではみなさんいらしゃいますから、ぐっと耐えたのですが、師匠の家に帰ったあと、また師匠が憎々しげに言ったんです。すっかり、俗っぽくなりやがってと言うので、じゃあ、師匠の声はなんだとやり返しちまった。ただ技巧に頼っているだけで、面白みはどこにもない、とつい……」

「そうですか」

大師匠は春蝶に嫉妬したのかもしれない。

「もう、どこでも新内を唄わせないと息巻いていました」

「新内を唄わせない？」

「はい。大師匠は各地の盛り場の料理屋に、春蝶の新内を聞かぬようにとお触れをまわすと言ってました」

春蝶は自嘲ぎみに呟く。

「それはひどい」

栄次郎は憤慨した。

戸が開いて、音吉が戻って来た。

「栄次郎さん。いらっしゃっていたんですか」

「今、春蝶さんから話を聞きました」

「そのことで、富士松佐太夫さんのところに行って来ました。佐太夫さんも、もう無理だと」

音吉は春蝶の兄弟弟子の富士松佐太夫に取りなしを頼みに行ったが、佐太夫も匙《さじ》を投げたのだろう。

「もういい。おれもあんな野郎を師匠だと思っちゃいねえ。こっちだって願い下げだ」

春蝶は酒を呷《あお》ってから吐き捨てた。

「でも、師匠。新内を語れなくなるのはあんましです。せめて、そのことだけでも、許しを……」

音吉は春蝶に向かい、

「もう詫びを入れても大師匠は許そうとしないだろうって、佐太夫が言っていました。でも、詫びを入れれば、他で新内を語れるかもしれないということです。師匠、お気持ちはわかりますが、ここは堪えて……」

「いやなこった。あんな男の面《つら》も見たかあねえ」

春蝶も頑固だった。

頭を冷やす時間が必要だと思った。

「春蝶さん。岩井文兵衛さまに相談してみませんか。御前に、新内を語れる場を見つけていただきませんか」

岩井文兵衛はいろいろ顔がきく料理屋があるだろう。そういった店に春蝶の活躍の場を見いだせないかと思ったのだ。

「いくら御前さまでも、これればかしはどうしようもございませんよ。あっしを使った料理屋には他の新内語りを入れさせないと脅せば、誰でも尻込みしちゃいます。大師匠は芸はなくとも、威光はありますからね」

「ともかく一度、御前に会ってみましょう」

栄次郎は立ち上がり、

「春蝶さん、また来ます。それから、あまりひとりで出歩かないようにしてください」

音吉に目顔で、春蝶を頼むと言い、栄次郎は外に出た。

これではなんのために江戸に連れ戻したのかわからない。その責任が、栄次郎には重くのしかかっているのだ。

六

翌日、文兵衛への言づけを母に託し、栄次郎は本郷の屋敷を出た。よけいなことを母の耳に入れたくなかったので、お会いしたいということを伝えてもらうだけだった。

いつものように湯島の切通しから鳥越に向かった。

春蝶のことでは心が痛んだ。せっかく、許しが出たのも束の間だった。春蝶もよほど癇に触ったのだろう。もう、どうしようもない。ようやくのことに許しを得たばかりの、この顚末《てんまつ》だ。もう二度と修復は不可能な気がした。

たとえ吉原から締め出されても、別の場所で新内を語らせたい。文兵衛が絶賛した声をこのまま殺してしまうのはあまりにも惜しい。

長唄の師匠の家に着いた。栄次郎が部屋に上がると、稽古場のほうからおゆうの唄声が聞こえた。

鐘に恨みは数々ござる……
初夜の鐘を撞くときは、諸行無常と響くなり……

『京鹿子娘道成寺《きょうかのこむすめどうじょうじ》』である。
うまくなったと、栄次郎はしばらく耳を傾けた。
他に弟子はなく、おゆうの唄声を聞きながら、栄次郎はいつしか春蝶のことに思いを馳せていた。
確かに、春蝶は我慢が足りなかった。だが、大師匠の態度も解《げ》せない。客の前で、下品極まりないと春蝶の声を腐した。春蝶が客に褒められたのが面白くなかったにせよ、なぜ、客の前でそんなことを言ったのか。

破門を解いたのであれば、もう少し辛抱があってもよいように思える。春蝶は伊勢に骨を埋めるつもりでいた。それを、栄次郎が強引に江戸に連れ戻したのだ。

だが、こんな結果になるなら、伊勢にいたほうが春蝶は仕合わせだったかもしれない。そう思うと、栄次郎は胸が押しつぶされるようになった。

三味線の音が止んだ。

しばらくして、おゆうがやって来た。

「おゆうさん。上達しましたね」

栄次郎が言うと、おゆうは恥じらいながら、

「うれしいわ、栄次郎さんに褒められるのは」

と、素直に喜んだ。

「では、行って来ます」

栄次郎は立ち上がる。

「お待ちしています」

おゆうは栄次郎の背中に声をかけた。

稽古が終わり、おゆうとともに師匠の家をあとにした。

「市村座は再来月ですね」

おゆうがきく。

「ええ」

「楽しみにしています。絶対に観に行きます」

「そうそう、新八さんはいま江戸にいるのですか」

「ありがとう」

「いえ、まだ江戸には戻っていないと思いますが」

「そうですよね」

おゆうが不思議そうな顔をした。

「どうしました?」

「ええ、きのう、永代寺《えいたいじ》に行ったんです。その帰り、新八さんに似たひとを見かけたんです。でも、小間物の行商をしているので、ひと違いかとも思ったんですが……」

「そうですか」

間違いなく新八だろう。

新八は深川から再出発をしようとしているのだ。

蔵前通りに出てから、おゆうと別れ、栄次郎は浅草黒船町のお秋の家に向かった。途中、背のすらりとした遊び人ふうの男とすれ違った。行き過ぎてから、栄次郎は振り返った。その男も振り返り、栄次郎と目が合った。

色白で、頬がこけている。鋭い視線を発してから、男はすぐに顔を戻し、逃げるように足早に人混みに姿を消した。足の運びから武士ではないかと思った。先日の『加納屋』の内儀おひさと逢引きしていた男だ。

お秋の家に入ると、お秋が土間にいた。

「あっ、今、この前のひとが根付をとりにきたのよ」

「やっぱり、そうでしたか」

栄次郎は今すれ違った男のことを思い出した。

「もちろん、同じ男だったんでしょう」

「ええ、そうよ」

それを聞き、栄次郎は腑に落ちないものがあった。

「栄次郎さん、どうなさったのです？」

お秋が訝しげにきいた。

「ああ、すいません」

しかし、頭の中では、心中の件でいっぱいだった。

栄次郎は二階に上がった。

部屋に入り、刀掛けに大刀を掛けてから窓辺に寄った。

大川に目をやりながら、栄次郎はあの日のことを思い出した。

ここを出たふたりは川沿いの道を歩いて行った。その男を栄次郎は武士だと思った。

さっきの男と同一人物だ。

女は男より年上だった。男は、加納屋と口にした。どういう意味だったのか。

厩の渡しから渡し船が出て行った。その船を無意識に目で追いながら、栄次郎はあのときのふたりの会話を蘇らせる。


「いけない、忘れ……」

「見つからなかった」

「……猿の根付？」

「おひささんは忘れ……」

「ええ、だいじょうぶよ」

「じゃあ、行こうか。『加納屋』まで駕籠で……」


会話の様子から、女は『加納屋』の内儀おひさと考えるほうが自然だ。だが、おひさが心中した相手は別人だった。

どういうことか。おひさはふたりの男と不義密通をしていたのか。それは考えられない。気になる。どうしても気になる。

稽古をはじめて半刻（一時間）ほどして、栄次郎は三味線を置いた。

気になるなら調べなければ落ち着かない性分である。栄次郎は三味線を置いて、代りに大刀を手にし、階下に下りた。

「あら、もうお帰りですか」

お秋が残念そうにきく。

「用事を思い出したんです。また、明日来ます」

「ほんとうですよ。明日もお待ちしていますからね」

お秋は外までついて来た。

「もし、用事が早く終わったら、寄ってくださいよ」

お秋の未練がましい声を背中に聞いて、栄次郎は蔵前通りに出た。

浅草橋を渡り、そのまま本町通りをまっすぐ本町に向かった。

『加納屋』の前にやって来たときにはもう夕暮れが迫っていた。内儀の葬式が済んで、商売を再開していた。

しかし、店には内儀を失った悲しみが漂っているように思えた。

ふと、店先に町駕籠が停まった。

店から恰幅のよい男が現れた。奉公人が頭を下げている。どうやら、『加納屋』の主人らしい。

三十半ばの渋い顔だちの男だ。眉毛が濃く、鼻梁が高い。妻女を亡くしたという悲哀を感じさせないほど溌剌とした様子だった。

笑みさえ浮かぶような口許だ。『加納屋』の主人にしたら、自分を裏切った女が勝手に死んだだけで、おひさのために流す涙はなかったのかもしれない。

加納屋は駕籠に乗り込んだ。

奉公人が並んで見送る中、駕籠かきが駕籠を担いだ。

駕籠は本町通りを大伝馬町のほうに向かった。栄次郎は駕籠を見送ってから、向かいにある絵草子屋に入った。

小柄な亭主がちんまり座って店番をしている。栄次郎が店先に立つと、冷やかな目をくれた。客とは思われなかったのだろうか。『加納屋』の話をききたいと思ったが、最初から警戒されているようだ。客を装うつもりで、店先に並んでいる本を見た。

絵と文の入った黄表紙や洒落本、俳諧の本などに混じって『誹風柳多留《はいふうやなぎだる》』という川柳《せんりゅう》を撰集した本があった。

王朝以来の和歌に対して狂歌が盛んになったように、俳諧から川柳が盛んになった。その『誹風柳多留』に手を伸ばしたとき、その横に『諸国俚謡唄』という本を見つけた。

栄次郎はそれを手にした。

ぺらぺらとめくると、伊勢音頭や宮の宿で聞いた文句も出ている。

えんは異なもの　これ味なもの
遠い三河と伊勢生まれ

宮の宿から　雨降る渡り
濡れて行くぞえ　名古屋まで

栄次郎は迷わずそれを買った。この中の文句をいじくって、春蝶に唄ってもらったら面白いだろうと思ったのだ。

店番の亭主は機嫌が一瞬にしてよくなった。

栄次郎は代金を支払うとき、ふと思い出したように、

「『加納屋』はたいへんだったようだな」

と、わざと『加納屋』のほうに目をやってきいた。

「信じられませんな」

亭主は顔をしかめて言った。

「内儀さんが心中したことか」

「それもありますが、相手の手代ですよ。友吉といって、とても気のいい男でしてね。ときたま、合巻《ごうかん》を買っていきました」

合巻は黄表紙を数冊合わせたものである。

「本を読むなんて感心な手代だな」

「へえ、芝居が好きらしく、芝居見物にはめったに行けないので、歌舞伎の演目を題材にした本を読むのが楽しみだと言っていました」

亭主はしんみりと言う。

「それでは、さぞ心を痛められただろうな」

「さようでございますが、あっしには内儀さんとの不義密通が信じられないんですよ」

「ほう、どうしてだ？」

「友吉は、そんなことをする人間じゃない。何かの間違いだと思ってます」

亭主は憤慨して言った。

「しかし、友吉は内儀さんを殺し、首をくっていたのではないのか」

「だから、信じられないんですよ。確かに、友吉は内儀さんに気に入られていたようです。だから、ときたま芝居見物にもお供を許されたそうです」

「内儀さんに気に入られていたのか」

「といっても、男と女の関係じゃありません。だって、友吉はここに来たとき、内儀さんのお供で芝居を観て来たという話をよくしていました。ふたりが出来ているなら、あんなにあっけらかんとしていません。そうじゃありませんか」

「確かに、そのとおりだ」

栄次郎はますます疑惑が深まったと思った。

「内儀さんが死んでしまって、『加納屋』は番頭上がりの旦那のものです。せめて、子どもでもいてくれたら、よかったんですけどね」

「加納屋は番頭だったのか」

「そうです。先代の旦那が気に入って、おひささんの婿にしたんですよ。ところが、先代が亡くなってから、急に態度が変わりました。それまでは腰の低い、ひと当たりのよい男だと思っていたんですがね」

亭主は加納屋には好意を持っていないようだ。

「内儀さんのことをよく知っているんだろうね」

「ええ、もちろん。子どもの頃から知っていますよ。どうして、こんなことになってしまったのか」

亭主は顔を寄せ、

「通夜にも葬式にも行きました。あの旦那、ちっとも悲しそうじゃなかった。かえって、せいせいしているんじゃないですか」

「いけない。そんなことを言っては……」

栄次郎はたしなめた。

「でも、近所の者はみな、そう思っていると思いますよ。ここだけの話ですがね」

亭主はなおも声をひそめて、

「足袋問屋としては中ぐらいの店でしょうが、『加納屋』は幾つもの家作を持っていて、その上がりだけでもばかにならないはずです。かなりの財産家ですよ」

栄次郎は絵草子屋を離れても、亭主の言葉が脳裏を離れなかった。

栄次郎が知る限りでは、『加納屋』の内儀の相手は町人の格好をしているが、侍だ。内儀といっしょに死んだ友吉という手代とはまったくの別人である。

何かありそうだ。だが、証拠はない。すでに、葬式も終わり、事件は過去のものとなろうとしている。

絵草子屋の亭主の話が事実とは限らない。友吉がほんとうのことを話していたという証もない。

だが、栄次郎は友吉はほんとうのことを話していたと思うのだ。

自分の女房が不義を働いていたことを薄々感づいていたとしたら、加納屋の態度も妙だ。何か裏があるのではないか。

須田町から筋違御門をくぐって本郷に向かう途中、暮六つ（午後六時）の鐘が鳴り出した。

# 第二章　疑　惑

## 一

翌朝、栄次郎は顔を洗ったあと、いつものように刀を持って庭に出た。朝の冷気が心地好い。

薪小屋の横にある枝垂《しだ》れ柳のそばに立った栄次郎は深呼吸をし、心気《しんき》を整えた。

栄次郎は自然体で立つ。そして、無念無想で、枝垂れ柳を見つめた。そよ吹く風に、小枝が微かに揺れた。

栄次郎は居合腰になって膝を曲げたときには、左手で鯉口《こいぐち》を切り、右手を柄《つか》にかけており、右足を踏み込んで伸び上がるようにして抜刀した。

小枝の寸前で切っ先を止める。さっと刀を引き、頭上で刀をまわして鞘に納めた。

再び、自然体で立った。

三味線を弾き、色気のある男になりたいと願う軟弱な男に見られがちだが、栄次郎は田宮流《たみやりゅう》居合術の達人である。

毎朝、庭での素振りの稽古は怠らない。きょうも何度も繰り返し、額から汗が滴り落ちてきて、ようやく枝垂れ柳の前から離れた。

井戸で体を拭いて、栄次郎は部屋に戻った。

「栄次郎」

兄の呼ぶ声がした。

「はい」

「ちと来てくれ」

兄が栄次郎を自分の部屋に招いた。

栄次郎は兄と差し向かいになった。

兄の栄之進は亡き父に似て、いつも難しそうな顔をしており、朴念仁《ぼくねんじん》のように見えるが、じつは案外と砕《くだ》けた人間だった。

義姉が亡くなったあと、塞《ふさ》ぎ込んでいる兄を強引に深川永代寺裏にある遊女屋に連れて行ったら、すっかりやみつきになっていた。

目当ての女に会うだけでなく、見世の女たちを集めて笑わせたりしている。あるとき、いきつけの『一よし』という遊女屋に行ったら、兄が女たちを集めて笑わせている場面に出くわし、驚いたものだった。

硬軟併せ持った人間だから男女間の機微を理解し、栄次郎の苦悩を察してくれるのだ。旅に出るのを勧めてくれたのも兄だった。

「じつは、頼まれていた新八の件だ」

兄は気難しい顔になった。

新八は今、奉行所から追われている。大名屋敷や富豪の屋敷に忍び込む盗人の疑いである。

奉行所への働きかけが不調に終わったのかと一瞬思ったが、兄の場合には顔色からは結果を推し量れない。

「押し入られた旗本の増山伊右衛門《ますやまいえもん》どののほうには手を打っておいたが、ようやく結論が出た」

「で、なんと」

「盗人が忍び込んだというのは勘違いだったとして、奉行所に訴え出た件は取り下げてもらった。増山伊右衛門どのは強硬な姿勢を崩さなかったが、女中を手込めにした件で脅すと渋々承知した」

「そうですか」

「それから、これまでに武家屋敷や富豪の屋敷に押し入って来た盗人が新八であるという証拠はないと奉行所に伝えた」

「ほんとうですか」

「ただし、条件がある」

「なんでしょうか」

　栄次郎は不安を覚えた。

「これまでの盗みの数々を不問に付すわけにはいかない。そこで、今後は御徒目付の手先となってもらいたい」

「御徒目付の手先？」

「そうだ。必要な場合に、探索に協力してもらいたいということだ」

　兄は続けた。

「これしか、新八を助ける手立てはなかったのだ。旗本の増山伊右衛門や奉行所を納得させるには、新八はもともと御徒目付の下で働いている者としなければならなかった。したがって、今後も御徒目付の手足となって働いてもらう。そういったことで、御目付が町奉行にも話を通したのだ。完全に無罪放免というわけにはいかなかった。わかってくれ」

兄は頭を下げた。

「兄上。頭を上げてください。奉行所の手が伸びないことになって、御《おん》の字です。それに、兄上の手足となるのであれば、この上ないことです。ありがとうございました」

栄次郎は兄の骨折りに感謝を込めて頭を下げた。

「では、新八にそのように申し伝え、そのうち私に引き合わせてくれ」

「畏《かしこ》まりました。さっそく、伝えておきます」

新八には商人にでもなってもらいたいと思ったが、その条件は仕方ないだろうと思った。ともかく、早く伝えて安心させてやりたい。

「栄次郎、頼みがある」

兄が口調を変えた。

小遣いが足りなくなったのかと思った。栄次郎は、これまでにも三味線の仕事で実入りがあったとき、余分な金が入ったからと兄に小遣いを上げていた。

その金で兄は永代寺の裏手にひっそり佇んでいる『一よし』という小さな遊女屋に

行くことが出来るのだ。

　兄はそこのおぎんという女が気に入っていた。どこか、亡くなった義姉に似ているのだ。もちろん、義姉から比べたら器量ははるかに劣るが、気のよさは負けない。

「じつは、おまえが旅に出ている間に、母上がまたも見合いの話を持って来た」

「兄上のですか」

「そうだ。まだ、嫁をもらいたくない」

　嫁をもらえば、深川に遊びに行けなくなると心配しているのだろうか。

　兄は御徒目付の御役に就くときも、同じ心配をしていた。よほど、『一よし』という遊女屋が居心地がよいのだろう。

　母上の気持ちもよくわかる。義姉が亡くなって何年か経つ。孫の顔を早く見たいのだろう。それより、世継ぎが必要だ。

　兄はそのことを十分にわかっているが、妻を娶ったら、深川へは足を運べないと思っているのだ。兄は、妻を裏切る真似の出来るひとではない。

「わかりました。兄上はまだ義姉上《あねうえ》のことが忘れられないようだと、母上にはうまく言っておきます」

「うむ。頼む」

兄は威厳に満ちた顔で言った。


それから朝食をとり終え、栄次郎は屋敷を出た。

早く、新八に兄の言葉を伝えてやりたいのだ。江戸に戻った新八は、江戸の裏稼業に通じているお頭《かしら》の世話で、深川冬木町の裏長屋を用意してもらった。

一刻（二時間）ほど歩いて、栄次郎は本郷から冬木町までやって来た。

八百屋と炭屋の間の路地を入って行く。奥から二軒目の家に新八は部屋を借りている。

栄次郎は腰高障子を開けて、中に呼びかけた。

「新八さん、栄次郎です」

すると、反対側の濡縁のほうから新八が出て来た。ひとの気配に、とっさに庭から逃げようとしたようだ。

「栄次郎さんでしたか。すいません。岡っ引きじゃねえかと思って無意識に逃げ出そうとしてしまいました」

新八は苦笑して、

「困ったもんですよ。なぜか、毎日、びくびくしています。これなら、江戸に戻って来なければと思いましたが、よその土地でも風の音にもびくついて暮らしていかなきゃならねえでしょう。これも身から出た錆《さび》ですが、情けないものです」

「新八さん。もうだいじょうぶだと、兄から言われました」

「えっ、まさか」

信じられないという顔つきで、

「あっしは武家屋敷や商家などで盗みを働いて来た人間ですぜ。捕まったら死罪になる男が無罪放免になるなんて、信じられませんが」

と、新八は窺うような目を向けた。

「ただ、条件があるそうです」

「条件?」

新八の顔つきが変わった。

「私の兄は御徒目付なのですが、条件というのは兄の手足となって探索に協力してもらいたいということです」

「探索ですって?」

「ええ、私はほんとうは新八さんには堅気《かたぎ》になってもらい、まっとうな商売をはじめてもらいたかったのですが、どうもそれは難しそうで。兄も、自分の手足となって働いてもらうには最適な人間だということで……」

「栄次郎さん」

新八が真顔になって口をはさんだ。

「そいつは願ってもない話です。じつは、小間物の行商のまねごとをしたんですが、どうも勝手が違いましてね。やはり、地道な商売は向いてないいんじゃないかって落ち込んでいたところなんです。今のは願ってもないお話です。ましてや、栄次郎さんの兄上どののお役に立てるなら、喜んで」

「そうですか。新八さんがそう言ってくれて安心しました。いやいや探索の仕事をしなければならないとしたら、これほどの苦痛はありませんから」

栄次郎は安堵してから、

「そういうわけで、新八さんは、これからも今までどおり、相模の大金持ちのせがれの新八として、鳥越の師匠のところに通ってください」

「えっ、稽古を続けられるのですか」

意外そうにきいた。

「もちろんです。師匠もおゆうさんも待っていますよ」

「何からなにまで……。栄次郎さん。このとおりです」

新八は畳に額をつけるほどに頭を下げた。

「近々、兄が会いたいそうです」

「わかりました。いつでも、どこへでも参上いたします」

「これで、安心しました」

栄次郎は言ったあとで、

「新八さん。兄の下で働く前に、ちょっとお願いがあるのですが」

と、頼んだ。

「なんでしょうか。なんでもおっしゃってくださいな」

「じつは、お秋さんのところに来た逢引き客のことなんです。女は商家の内儀ふう。男は町人の格好でしたが、武士ではないかと思われました」

ふたりの会話から不義密通の匂いを嗅いだこと。そして、柳森神社で、『加納屋』の内儀おひさと手代の友吉の心中死体が見つかったことなどを話した。

「『加納屋』の前にある絵草子屋の亭主は、友吉が不義密通をするはずがないと話していました。どうも、この心中には何か裏がありそうなんです」

「なるほど。あやしいですね」

新八は顎に手をやった。

「それから、私が見た男は、後日、忘れ物の猿の根付をとりに来ました。この男が何者なのか知りたいんです」

「何か、手掛かりはありますか」

「ありません。ただ、『加納屋』の主人を調べると、何か出てくるような気がします」

「そうですね。加納屋に張りついてみましょう」

「お願いします」

「栄次郎さんのお節介《せつかい》病は今にはじまったことじゃありません。でも、おかげで、久しぶりに動き回れると思うと、なんだかわくわくします」

新八はやる気を見せた。

栄次郎は微苦笑してから、

「じゃあ、頼みましたよ」

と、立ち上がった。

「そういえば」

新八が口を開いた。

「その後、春蝶さんはお元気ですか。江戸に着いて別れたきりです。吉原で、張り切って語っているんでしょうね。そのうち、吉原に……。おや、どうしました?」

栄次郎の曇った表情に気づいたのか、新八は眉根を寄せてきいた。

「また、大師匠と喧嘩をして破門になりました」

「なんですって。それはまた、どうしたっていうんですかえ」

栄次郎はその経緯を話した。

新八は色をなして、

「大師匠はなんでまた、そんなことを言ったんだ。まるで、大師匠のほうから喧嘩を売っているみたいじゃありませんか」

「春蝶さんの話を聞いただけです。大師匠の言い分はまた違うのかもしれませんが、大師匠が万座の前で春蝶さんの声を下品だと腐したのはほんとうのようです」

栄次郎は憂鬱になって言った。

「わかりませんね。いえ、大師匠のほうがですよ。伊勢に腰を据えるつもりだった春蝶さんがどんな思いで江戸に帰って来たか。そいつを考えると、あっしの胸までが痛みます」

新八は悔しそうに言う。

「ええ。私も江戸に連れ戻した責任がありますから、胸が裂かれるようです」

「いえ、栄次郎さんの責任じゃありませんよ。大師匠ですよ」

「それから、春蝶さんのことで、もうひとつ妙なことがあるんです」

「妙なこと？　なんですね」

「二十歳ぐらいの若い男が春蝶さんを付け狙っているんです」

栄次郎は不忍池の辺《ほとり》で襲われたことを話した。

「春蝶さんは心当たりはないって言ってましたが、なんだか、知っているような気がしました」

しばらく考えていた新八は、ふと険しい表情になって言った。

「栄次郎さん。その若い男の背後に、ひょっとして大師匠がいるんじゃないですかえ」

「新八さんもそう思いますか」

栄次郎もそう考えていたところだった。

「ええ。だって、春蝶さんが江戸に帰って間がないのに、そんな男が現れるなんて出来すぎてます。それに、大師匠のほうから喧嘩を売って来たことから考えると、そう思えてなりませぬ」

「でも、確たる証拠があるわけではないので、決めつけるわけにはいきません」

「そうですね。わかりました、『加納屋』の主人を調べると同時に、春蝶さんのほうにも気を配ってみます」

新八は目を輝かせた。

栄次郎は引き上げようとして、ふと思いついて、

「もう逃げ隠れする必要はなくなりました。もう少し近い場所に住まいを移しませんか」

「そのつもりです。見つかったら、栄次郎さんにお知らせいたします」

「ええ、お願いします」

新八に見送られ、栄次郎は長屋を出た。

空がどんよりしてきた。西の空に雨雲が張り出している。

栄次郎は急ぎ足になった。両国橋に差しかかると、前方の空は厚い雲に覆われていた。栄次郎は雨雲に向かって橋を渡って行った。

昌平橋を渡り、本郷通りに入った頃から、雨粒が落ちて来た。栄次郎は雨に濡れながら屋敷に戻った。

二

数日後の夜、栄次郎は春蝶とともに、『久もと』の座敷に上がった。

いつものように岩井文兵衛はすでに来ていて、馴染みの芸者を侍《はべ》らせて、酒を呑んでいた。

文兵衛は春蝶を客として招いているので、春蝶の前にも酒肴が並んでいる。

しばらく、世間話に興じていたが、

「春蝶。破門されたそうだな」

と、文兵衛が厳しい顔できいた。

「はい。あっしが至らぬばかりに、またしくじってしまいました」

春蝶は自嘲ぎみに答えた。

「いや。栄次郎どのの話を聞く限りでは、春蝶が悪いとは思えぬ。ひょっとすると、はじめから許すつもりはなかったのかもしれぬな」

文兵衛は顔をしかめて言う。

「では、なんで許すと音吉、いえ、あっしの弟子ですが、音吉に許すとあえて告げたのでしょうか」

「江戸に戻すためかもしれぬ」

文兵衛はあっさり言う。

「なぜでございましょうか」

「いや、そこまではわからぬ。だが、春蝶を江戸に呼び戻したかったのだ」

文兵衛の言葉に、栄次郎は春蝶を襲った若い男を思い出した。

文兵衛には、その男のことは話していない。もし、そのことを知ったら、文兵衛は何と言うだろうか。

春蝶を殺すために江戸に呼んだ。その可能性はないのか。栄次郎はその考えが外れていないような気がした。

「それより、新内を語る場を奪われたことが痛いな」

一昨日、小石川片町にある寺で、再度会ったとき、語る場を探してもらいたいと、栄次郎は文兵衛に頼んだのである。

「へえ、語る場がなくちゃ、新内語りはおしめえですよ」

春蝶は自嘲気味に言う。

「栄次郎どのに頼まれたので、わしも幾つかの知っている料理屋を当たってみた。ところが、主立《おも》ったところにはすでに文《ふみ》がまわってきていた」

「文ですって」

栄次郎が問い返す。

「春蝶を使うなというお達しだ」

「なんと」

手回しのよさに、栄次郎は呆れた。

「こんな理不尽な破門がいつまで続くとは思えぬ。だが、当面は語る場がないのが現状だ。そこでだ、春蝶」

文兵衛が身を乗り出した。

「へい」

文兵衛の迫力に気圧《けお》されたように、春蝶は小さくなって返事をした。

「そなた、新内に固執するか」

「そりゃ、あっしは新内語りでございますから」

「しばらく、新内を封印せぬか」

文兵衛が思い切ったことを言った。

「封印ですって」

春蝶の表情が強張《こわば》った。

「御前。春蝶さんに新内を語るなとおっしゃるのですか」

栄次郎は驚いてきき返した。

春蝶から新内を取り上げるのは、手足をもぎ取ることと同じだ。生きる屍《しかばね》になってしまう。

「そうだ。春蝶に新内を語らせるなということは、新内以外ならよいということだ」

文兵衛は平然と続ける。

「ですが、あっしには新内しかありませぬ」

春蝶は消え入りそうな声で言う。

「都々逸節があるではないか」

文兵衛が事も無げに言った。

「都々逸節？」

「そうだ。宮の宿で唄われている俚謡ではなく、春蝶の節廻しで唄ったものだ。あの節廻しは、春蝶の艶のある声にぴったりだ。色っぽい文句を艶のある声で唄うのだ。きっと受ける。都々逸節で、座敷に上がれ」

栄次郎は、あっと思った。そうだ、春蝶の都々逸節は誰にも負けないはずだ。いつまでもというわけではない。理不尽な破門が解けるまでのつなぎだ。

「御前。よいお考えに存じます。春蝶さん、御前がおっしゃったようにやってみませんか。長い新内より、短い都々逸をいくつも聞かせたほうが宴席にはふさわしいと思います。そのうち、破門だって解けましょう」

栄次郎は文兵衛の考えに乗った。

「しかし、あっしに新しい文句が作れるか自信がありません」

春蝶は尻込みした。

「春蝶なら出来る。おまえさんは若い頃から、その艶のある声でたくさんの女を口説き落としてきたはずだ。どうだ、わしの目に狂いはあるまい」

「恐れ入ります」

春蝶は背を丸めて小さくなった。

「その女たちとのことを思い出して作れば、いくらでも出来よう」

「へえ……」

自信なさげに、春蝶はうつむいた。

「春蝶さん。これを」

栄次郎は絵草子屋で買い求めた『諸国俚謡唄』を差し出した。

「これに諸国の俚謡が記されています。それをもとに唄ったらいかがでしょうか」

春蝶はそれを受け取ったが、

「申し訳ございません。じつは、あっしは文字が読めねえんで」

と、すまなそうに言った。

子どもの頃から新内語りの内弟子になり、掃除、洗濯、飯の支度とこきつかわれ、その合間に撥で叩かれながら三味線の稽古。文字など習う余裕はなかったと、春蝶は言った。

「誰か読んでやれ。春蝶。それを覚えて、聞かせてくれぬか」

文兵衛が頼んだ。

「わかりました」

春蝶が答えると、

「では、私が」

と、文兵衛がお気に入りの年増《としま》芸者が読み聞かせの役を買って出た。

春蝶が部屋の隅で『諸国俚謡唄』の文句を頭にたたき込んでいる間、栄次郎は文兵衛に訊ねた。

「都々逸というのを知らぬひとたちが、春蝶さんを呼んでくださるでしょうか」

「まず、わしが誰かといっしょのときはいつも呼ぼう。そのときに相手の者が気に入れば、次からは自分たちの宴席にも声をかけるだろう。それから、諸大名の留守居役に話を通す」

各大名では幕府との交渉、諸大名同士の打ち合わせなどのために留守居役を置いた。そして、情報を得るために各大名の留守居役は常に寄合《よりあい》していた。いつも、酒を呑みながらだ。その席に、文兵衛は招かれているらしい。

それだけでなく、文兵衛は大名家御用達《ごようたし》の商人ともつきあいがある。その方面の寄合にも、春蝶を呼ぶつもりらしい。文兵衛がそこまでしてくれれば、春蝶の活躍の場はかなりの程度確保されるかもしれない。

「そこまで考えていただいているなんて」

栄次郎はありがたいと思った。

「春蝶の都々逸は必ず江戸の評判をとるようになる。わしが太鼓判を押す」

文兵衛は自信たっぷりに言った。

「お待たせいたしました」

年増芸者が席に戻って来た。

春蝶も元の場所に戻って来て、三味線を抱えた。

「それでは、幾つかやらせていただきます」

「うむ」

文兵衛は目を細めて春蝶を見た。

春蝶は撥を振り下ろした。

腹が立つなら　どうなとさんせ
主にまかせた　この体

あのひとのどこがいいかとたずねるひとに
どこが悪いと　問い返す

雨の降るほど　うわさはあれど
ただの一度も　濡れやせぬ

枕出せとは　つれない言葉
そばにある膝　知りながら

諦めましょうよ　どう諦めた
諦められぬと　諦めた

艶のある声で唄っている春蝶の姿がじつに色っぽい。小柄な年寄りが、男も惚れるような色っぽい男になる。

春蝶が撥を置いたが、まだ、女将や芸者は夢心地でいる。

「春蝶。見事ぞ」

文兵衛が手を叩いた。

「これなら、必ず受ける。さあ、これへ」

文兵衛は盃をとらせた。

春蝶は文兵衛に近づき、盃を受け取った。

「春蝶。しばらく、それでやってみろ」

「へえ、そういたします」

「さっそくだが、明日、御留守居役の寄合に、わしも招かれておる。そこで、やってもらおう。どうだ?」

「へい、ありがとうございます」

「春蝶さん。よかったですね」

新天地を探り当てた春蝶のことを喜んだが、これはあくまでも余技であり、春蝶にとっては新内が命であることに変わりはなかった。

いつか、再び新内語りの春蝶として表舞台に立てるよう、栄次郎は陰ながら力を貸そうと思っている。

こういうお節介なところは、亡くなった矢内の父親譲りだった。困ったひとを見れば放っておけない。そんな性分を、血のつながりのない栄次郎が継いでいた。

「ところで、御前。明日の寄合の場所はどちらですか」

栄次郎がきいたのは、春蝶を付け狙っている男のことを思い出したからだ。

「深川仲町の『清川』だ」

「深川ですか」

ちょっと遠いと思った。途中、ひと気のない場所はいくらでもある。

「栄次郎どの。どうかしたか」

文兵衛が怪訝そうな顔をした。

「いえ」

「心配いたすな。駕籠代を出す」

栄次郎の顔色を読んだのか、文兵衛は笑いながら言った。

「恐縮です」

「今宵は、久しぶりに栄次郎どのの糸で唄ってみるか」

文兵衛は上機嫌で言った。

「ぜひ」

栄次郎も笑顔で受けた。

それから、座はさらに盛り上がった。

春蝶も楽しそうに盃を空けていた。


翌日の夜、栄次郎は仲町の『清川』という料理屋の門が見通せる場所にいた。さっき、横付けした町駕籠から春蝶が現れ、『清川』の門に消えて行った。

駕籠かきは駕籠を門の横に移動させた。春蝶を待っているのだ。もちろん、駕籠は文兵衛の心遣いだ。

栄次郎がここにやって来たのは、春蝶の今夜の首尾を心配したのではない。帰りだ。襲撃者にそなえ、陰ながら護衛に当たろうとしているのだ。

栄次郎はそこを離れ、黒板塀をまわって裏手に向かった。庭から松の枝が伸びている場所に来たとき、微かに三味線の音がした。

聞き耳を立てた。春蝶の音色だ。

ときおり、歓声が上がった。唄の合間に、座にいる者が感嘆の声を上げているのに違いない。

客はほとんど大名の御留守居役であり、遊びに長《た》けたひとたちだ。春蝶の都々逸は大いに受けているようだ。

新内を語れないことは春蝶にとって不幸だが、いつまでも続くはずはない。大師匠の許しが出るまでの辛抱なのだ。

糸の音が止んでから、栄次郎は門を見通せる場所に戻った。

門から少し離れた場所に止まっている空駕籠の横で、駕籠かきがすっている煙草の火が暗がりの中で赤く光っていた。

まだ、春蝶が出て来ないのは、客から引き止められているのか。

それから、半刻（一時間）後に、『清川』の若い衆が門から出て来て、駕籠屋のところに向かった。

駕籠かきが、新たに点けた煙草の火を消して立ち上がった。

駕籠を門前に横付けする。それから間もなく、春蝶が現れた。

仲居に見送られ、春蝶は駕籠に乗り込んだ。

掛け声とともに、駕籠かきが駕籠をかついだ。

栄次郎は少し離れて駕籠のあとを追った。駕籠の前に下がった提灯《ちょうちん》の明かりが見え隠れする。

他に駕籠をつけている者はいない。『清川』までつけて来た者もいないから、襲撃者がいるとすればどこかで待ち伏せしているのだ。

駕籠は来たときと同様、永代橋を渡った。

待ち伏せするとしたら、橋を渡り切ったあとか。

敵は長屋から駕籠に乗った春蝶のあとをつけた可能性もある。永代橋を渡って、仲町まで行ったのを確かめてから、永代橋に戻った。だから、栄次郎の目に入らなかったのかもしれない。そのような想像をした。

敵がどこまで春蝶の行動を把握しているかわからないが、ひと気のない暗がりは注意しなければならない。

が、橋を渡り切り、鎧河岸から末広河岸の暗がりを過ぎても、待ち伏せはなかった。

そこからしばらく町中を走る。

栄次郎は足早に駕籠を追いながら、このまま今夜の襲撃はないように思えた。だが、油断するには早い。須田町を過ぎて、八辻ヶ原に差しかかった。

八辻ヶ原は漆黒の闇だ。この暗闇の中に敵が潜んでいるかもしれない。そう警戒しながら、駕籠についていったが、筋違御門を無事にくぐった。

御成道から下谷広小路に差しかかった。あるとすれば、不忍池の辺《ほとり》に入ってからだと、栄次郎はなおも警戒を緩めなかった。

駕籠は三橋を渡り、いよいよ不忍池に向かった。栄次郎もあとを追う。

ふいに、栄次郎は足を止めた。弁財天の参道前で、駕籠が止まったのだ。春蝶が駕籠から下りた。

空駕籠が戻って来た。

春蝶は参道に入った。栄次郎は空駕籠とすれ違い、少し遅れて参道に入った。

正面にあるのが弁天堂だ。春蝶はまっしぐらにそこに向かう。

日頃、春蝶が信心深いかどうか知らなかった。先日はここを素通りしている。

春蝶は堂の前で手を合わせていた。何を拝んでいるのか。栄次郎は参道の端の暗がりに身を隠した。

ようやく、春蝶は踵を返した。

三味線を抱えるように持ち、とぼとぼと春蝶は参道を引き返す。その後ろ姿は寂しそうだった。

おそらく『清川』では大いに受けたであろう。だが、その高揚した様子はなかった。やはり、新内を語れないことが、春蝶にとっては虚しいことなのか。いくら、都々逸節で評判をとったとしても、それは春蝶の本意ではないのか。

今、春蝶が弁天様に頼んでいたのは、再び新内が語れることだったのか。弁財天は音楽の神様でもある。

そう思うと、栄次郎の胸に抉《えぐ》られるような痛みが走った。が、その思いにとらわれている場合ではなかった。

春蝶は境内を出て、再び池沿いの道に出た。栄次郎は急いであとを追った。

ほどなく、先日春蝶が襲われた場所に出る。周囲に人家もなく、極めて危険な場所だ。だが、そこで春蝶はゆっくりとした歩みになった。ときには立ち止まっている。休んでいるわけではなかった。

なぜ、駕籠を返したのか。お参りが目的なら、駕籠を鳥居の前に待たせておけばいい。春蝶のあやしい行動に不審を抱いたとき、栄次郎は妙な考えを持った。

春蝶は例の襲撃者が現れるのを待っているのではないか。そんな気がしたのだ。駕籠を返した理由も、それで説明がつく。

春蝶は襲撃者に心当たりがあるようだった。否定していたが、それを問うたときの春蝶の態度はおかしかった。

あの襲撃者は春蝶の師匠との関わり合いがあるのでないかという疑いがある。すなわち、大師匠が殺しを依頼した可能性だ。

そこまで、大師匠が春蝶を憎んでいるかわからないし、殺しを依頼した証もない。ただ、江戸に戻った直後から狙われていることから推し量かると、春蝶の動きを知っている人間ということになる。

春蝶が旅に出る前に、何か問題を起こしたのか。

何度も立ち止まっては辺りを見回している。明らかに、先日の男を待っている様子だった。

やがて、諦めたように、春蝶は谷中《やなか》を経て千駄木に帰って行った。

無事、長屋の路地を入ったのを確かめて、栄次郎は引き上げた。

# 三

翌日の昼前、栄次郎は春蝶を訪ねた。

ちょうど遅い朝飯を食べ終えたあとだった。音吉があと片づけをしていた。

「栄次郎さん、いらっしゃい」

音吉が声をかけた。

「お邪魔します。すぐ、引き上げますから、何のお構いもなく」

茶を淹れようとした音吉に言う。

「春蝶さん。ゆうべはいかがでしたか」

上がり框に腰を下ろし、栄次郎は春蝶の肌艶のよい顔を見た。

「みなさん。たいそう喜んでくださいまして、祝儀もたんと弾んでいただきました」

春蝶は明るい顔で答えた。

「そうですか。よかった。では、御前もご機嫌がよかったでしょうね」

春蝶の都々逸に聞きほれている留守居役の面々を眺め、満足げに酒を呑んでいる文兵衛の姿が想像され、栄次郎は覚えず笑みが漏れた。

「それから、御前の座敷を出て、引き上げようとしたら、別の座敷からお声がかかりました」

たまたま、厠の帰りに春蝶の声を耳にした別の座敷の客が、仲居を通して引き上げるところの春蝶を呼んだらしい。

「商家の旦那衆のお集まりでした。おかげさまで、そこでも受けました。中のひとりの旦那が今夜の宴席に声をかけてくださいました」

「そうですか。今夜はどこでですか」

「木挽町《こびきちょう》の『田丸家』です」

春蝶の都々逸節の滑り出し上々のようだ。

こうしているとただの年寄りだが、三味線を抱えて唄いだすと、雰囲気は一変する。男も惚れ惚れするような色っぽい男になるのだ。

しかし、ほんとうは春蝶は新内を語りたいのだ。そのことは、弁天様にお参りしていたことからの想像だが、都々逸節はあくまでも余技に過ぎない。そのことに、忸怩《じくじ》たる思いがあるはずだ。

「栄次郎さん。このご本、とても役立ってます。音吉に読んでもらい、頭にたたき込みました」

春蝶に上げた『諸国俚謡唄』を手にして、春蝶が言った。

「それはよかった。また、何か参考になる本があったら、探しておきます」

「すいません」

春蝶は目をしょぼつかせて頭を下げた。

「帰り道は何事もありませんでしたか」

まるで、襲撃者を待っているような、ゆうべの春蝶の不審な行動を思い出して、栄次郎はきいた。

「へえ、何事もありませんでした」

春蝶は顔をそむけるようにうつむいて答えた。

やはり、何か隠している。そう思わざるを得なかった。

「じゃあ、音吉さん。失礼します」

栄次郎は音吉にも声をかけて土間を出た。

長屋の木戸を出たところで、辺りを見回す。あやしいひと影はなかった。

栄次郎は不忍池をまわって下谷広小路から三味線堀を通って鳥越神社の近くにある師匠の家に行った。

再来月の舞台に向けての稽古が待っていた。

厳しい稽古を終え、鳥越から浅草黒船町のお秋の家に行くと、二階の部屋に新八が来ていた。

「お待ちしていました」

新八が居住まいを正して言った。

「師匠のところへ行こうと思ったのですが、込み入った話をするならここのほうがいいと思いましてね」

「そうですか。ごくろうさまです」

刀掛けに刀をかけてから、栄次郎は新八と差し向かいになった。

「さっそくですが」

新八が話しはじめようとしたとき、失礼しますと襖を開けて、お秋が部屋に入って来た。茶を運んでくれたのだ。

新八は勢いよく開けた口を虚しく閉じた。

「あら、何か大事なお話でも？」

お秋が栄次郎と新八の顔を交互に見た。

「いえ、すみません。お茶、いただきます」

栄次郎は湯呑みを手にした。

「さっき伺ったんですけど、ずっと新八さんもいっしょに旅をしていたんですってねえ。ちっとも知りませんでしたわ」

旅のことを何も喋らない栄次郎を非難するように、お秋はつんとして言う。

「すみません。別に隠すつもりではなかったのですが」

栄次郎は困惑した。

「お秋さん。すいません。あっしが誰にも言わないでくださいと栄次郎さんに頼んだんですよ」

「あら、どうして?」

「じつはあっしは相模の金持ちのせがれということになっていますが、じつは信楽《しがらき》の生まれなんです」

「信楽焼きの?」

「へえ、ふた親の墓参りに行ったんですが、栄次郎さんに信楽の出身だということを内密にと頼んだんです。だから、栄次郎さんはお秋さんにも言わなかったんです」

「そうだったんですか。いろいろ、事情がありそうね、新八さんも」

「へい」

「でも、私に話していいんですか」

「ええ、お秋さんなら他にもれる心配はありませんから」

「ええ、心配ないわ。じゃあ、栄次郎さん」

機嫌を直して、お秋は部屋を出て行った。

「助かりました」

栄次郎は苦笑した。

「栄次郎さんも気をつかいますね」

同情するように言ってから、新八は真顔になった。

「では、例の件ですが、やはり、今の主人宗兵衛《そうべえ》は『加納屋』の番頭だった男です。働き者だったのを先代が目をつけて、婿にした。ところが、世間によくある話ですが、先代の旦那や内儀が亡くなると、宗兵衛は豹変したそうです。道楽を覚え、内儀さんをないがしろにするようになった。宗兵衛には女がいます」

最後は、新八は口許を歪めた。

「やはり、女ですか」

「ええ、宗兵衛のあとをつけたら、浜町《はまちょう》の小粋な家に入って行きました。近所の者にきいたら、若い女がひとりで住んでいて、ときたま男が訪ねて来ると言ってました。

名は、お絹《きぬ》というそうです」

「どんな女なんです?」

「鼻筋の通った、負けん気の強そうな女でした。水商売上がりとは違うようです」

ちらっと見ただけだがと前置きして、新八は女の印象を語った。

「すると、宗兵衛夫婦の仲はうまくいっていなかったんでしょうね」

「半年前から、女はあの家に住んでいるそうです」

妻女のおひさもこのお秋の家で、男と密会をしていたのだ。お互い、それぞれ好き勝手をしていたようだ。だが、その原因を作ったのは宗兵衛であろう。

内儀のおひさは寂しい思いをしていたことだろう。その心の隙に入って行ったのが、侍と思われる物腰の男だ。

いや、はじめから企みをもって、おひさに近づいたのだ。町人になりすましたのも、そのほうがおひさに近づきやすいからだろう。宗兵衛の周辺に、その男がいるはずだ。

「おひさのほんとうの相手は侍です。宗兵衛の周辺にいる侍を調べてくれますか」

「わかりました。毎日、つけていれば、必ず見つけ出せます」

新八は心強く言い、

「では、これから『加納屋』を見張ります」

と、腰を浮かせた。

「まだ、いいじゃありませんか。ゆっくりしていってください」

「へい。ですが、加納屋のほうが気になりますので」

「すみません」

栄次郎も立ち上がった。

階下に下りたとき、入口にひと影が射した。あっと声を上げたのは新八だった。

戸口に外の光を背にして立ったのは、岡っ引きの磯平だった。

「これは矢内の旦那」

栄次郎を見つけ、磯平は土間に入って来た。が、目ざとく隣にいる新八に目をやった。

「ひょっとして、新八さんですね」

磯平は新八に愛想笑いを浮かべた。

「お初にお目にかかりやす。おかみの御用を預かる磯平と申します」

「どうも、ご丁寧に」

新八は居心地が悪そうに会釈する。

「それにしても、会ったことがないのに、よく新八さんだとわかりましたね」

「へえ。いろいろ、特徴を聞いておりましたから。それより、あらぬ疑いをおかけして申し訳ございませんでした」

「いや、それは仕方ないことで」

新八は窮屈そうに答える。

「そうです。親分の立場からしたら当然ですよ。新八さんもお役目とはいえ、ほんとうのことは話せないでしょうし」

栄次郎は口をはさんだ。

新八が御徒目付の手先となって働いている男だと、磯平は信じきっていた。栄次郎もそれに話を合わせた。

「それより、親分。何か、わかったんですか」

栄次郎は改めてきいた。磯平がここにやって来たのは、『加納屋』の件でとしか考えられない。

「それが、ふたりが死んだ日、友吉を見かけた者がいたんですよ。店の客で、友吉をよく知っているという大工のかみさんなんですがね、あの夜、須田町《すだちょう》で友吉とすれ違ったっていうんです」

「須田町で？」

するとハ辻ヶ原に出てから柳森神社に向かったのか。

「男の連れがいたそうです」

「連れ？」

「ええ、大工のかみさんには連れのように見えたそうです。友吉はかなり急いでいたってことです」

「妙ですね」

「単純に考えれば、連れの男の案内で、内儀さんとの待ち合わせ場所に向かったってことでしょうが、ふたりが出来ているなら、連れの男の存在が不自然じゃありませんか」

　磯平は疑問を口にした。

「連れの男の特徴は？」

「友吉の様子がふつうではないようなので、連れの男が気になって、顔を見たそうです。中肉中背のえらのはった顔の男だったそうです」

「中肉中背でえらのはった顔ですか」

　おひさの相手は背のすらりとした男だった。その男と別人だが、友吉はその男に呼び出されたと考えてよさそうだ。

「やはり、『加納屋』の内儀と手代の友吉が出来ていたっていう話は疑わしいということですね」

栄次郎は確かめた。

「そうだと思います」

「ということは、あの心中も仕組まれたものということですね」

「そういうことになります」

磯平はとり返しのつかない不始末をしたというように顔を赤くして悔やんだ。

「親分。じつは、新八さんが加納屋宗兵衛に妾がいることを突き止めて来ました」

「妾?」

「お絹という女で、浜町堀のそばに家があるそうです。宗兵衛が裏で画策していたという証拠はありませんが、宗兵衛は邪魔になったおひさを心中に見せかけて殺した可能性も否定出来ません」

栄次郎は自分の考えを述べた。

「へい」

興奮を抑えるように、磯平は深呼吸をした。

「宗兵衛を油断させておいたほうが、ぼろを出すかと思います。差し出がましいことを言うようですが、宗兵衛に疑われていると気づかれぬようにしていただきたいのですが」

「わかりました。そのようにします」

「宗兵衛の身辺の探索は新八さんにやっていただきます。結果はすべて、親分に報告します」

「わかりやした。あっしは、あくまでも心中の補足の調べということで、あの夜の友吉とおひさの行動を調べてみます」

「お願いします」

「じゃあ、あっしはこれで」

磯平は、お秋にもあいさつして引き上げた。与力の崎田孫兵衛の妹ということで、気をつかったものと思える。

「岡っ引きが現れたときは、驚きました」

新八は小声で続けた。

「でも、おかげで、あっしへの疑いがまったくないことが確かめられました。兄上さまのおかげです」

「なにはともあれ、これで自由に生きていけます」

栄次郎もほっとしていた。

「じゃあ、あっしも出かけて来ます」

行きかけた新八が振り返り、

「そうそう、新しい住まいを神田明神下に見つけました。なるたけ、本郷のお屋敷に近いほうがいいと思いましてね。鳥越の師匠の家もすぐですからね」

「なるほど。それはいい」

栄次郎もいい場所を選んだと思った。

新八が出て行ってから、栄次郎は二階の部屋に戻った。すぐあとから、お秋が入って来た。

「栄次郎さん。今のお話、どういうことなの？」

栄次郎の正面に座り、お秋は真顔できいた。どうやら磯平親分からかいつまんだ話を聞かされたようだ。

「心中って言ってましたけど？」

お秋の表情は強張っている。

栄次郎は隠していても仕方ないと思った。

「先日、柳原の土手にある柳森神社で心中死体が見つかったのです。女は本町にある足袋問屋『加納屋』の内儀でした」

「まあ……」

お秋は息を呑んだ。

「お秋さん。驚かないでください。その内儀とは、ここにやって来た女です」

しかし、すぐに話の矛盾に気づいたように、

「でも、あのあと、男のひとが忘れ物の猿の根付をとりにきたんですよ」

と、お秋は腑に落ちない様子できいた。

「ええ、心中の相手は店の手代でした。何かがおかしいのです。相手が違っているんです。内儀がふたりの男とつきあっていたとも思えません」

栄次郎は困惑気味のお秋に、

「さっきの磯平親分には、あのふたりがここを利用したことは話していません。面倒なことになっても困りますから」

と、付け加えた。

「そうね。まあ、うちの旦那が押さえ込んでしまうから問題ないでしょうけど、よけいな波風は立てないほうがいいわね」

お秋は答えたが、表情を曇らせたまま、

「でも、どういうことなのかしら」

と、呟いた。

「心中ではなく、殺されたのではないかと思います」

「殺された？　あの女のひとは殺されたって言うんですか」

「証拠はありません。でも、状況からして、その可能性を捨てきれないんです」

「怖いわ」

お秋は寒けがしたように身を震わせた。

まだ、確たる証拠があるわけではないが、栄次郎の疑いはますます深まっている。

だが、これから心中という結論を覆《くつがえ》す証拠が見つけ出せるかどうか。

お秋が階下から呼ばれ、部屋を出て行った。

いけない。そんなことに思いを向けている余裕はない。稽古をしなければならないのだと、栄次郎は三味線を手にした。

# 四

お秋の家を出てから、栄次郎は木挽町にやって来た。

空は曇り、月も星もないので暗い。

三十間堀に沿って、料理屋が点在している。『田丸家』は黒板塀が長く続く大きな料理屋だ。門の横の軒行灯が明るく輝いている。

門前を行きすぎ、橋の袂からまた引き返す。見張りに適した場所を探していると、『田丸屋』の塀の脇の暗がりから声をかけられた。

「栄次郎さん」

驚いて顔を向けると、新八が立っていた。

栄次郎は素早くそこに行った。

「新八さん、まさか、加納屋がここに?」

状況を察して、栄次郎はきいた。

「そうなんですよ。加納屋のあとをつけてきたら、ここに来たってわけです」

新八は『田丸家』の門に目を向けて言った。

そのとき、小柄な春蝶が堀沿いをゆっくり歩いて来た。

「春蝶さんですね」

新八が呟くようにきいた。

春蝶は『田丸家』に入って行った。

「まさか、春蝶さんを呼んだ客というのは加納屋では……」

栄次郎はその偶然を考えた。

「さあ、どうでしょうか。加納屋のあとに商家の旦那ふうの男がふたりに着流しの若い侍が入って行きました」

「侍？」

「二十七、八歳ぐらいの背のすらりとした侍です」

お秋の家で見た、おひさの相手は町人の身なりをしていたが侍のようだった。着流しの若い侍は加納屋の座敷にいるのではないか。加納屋とのつながりが気になるところだ。

どこからか新内三味線が聞こえてきた。しばらくして、白っぽい着物に吉原被りの男がふたり、三味線を弾きながら歩いてきた。この辺りを流している新内語りだ。いい音だが、春蝶のむせび泣くような情緒はない。やがて、目の前を通り過ぎ、新内語りは暗がりに消えて行った。

遠ざかる糸の音。今頃、春蝶は三味線を弾いているのだろうか。

「栄次郎さん。ちょっと忍び込んでみましょうか」

新八の提案にちょっと迷ったが、

「そうですね。やってもらいましょうか」

と、栄次郎は答えた。

加納屋の座敷に誰がいるのか。もっとも気になるのは若い侍だ。町人の格好でおひさに近づいた男が加納屋とつるんでいたら、あの心中事件はますます殺しの疑いが深まる。

「じゃあ、行って来ます」

新八は『田丸屋』の塀沿いを裏のほうに向かった。

四半刻（三十分）ほど経って、新八が戻って来た。

「庭に面した座敷は障子が開け放たれているので、中は丸見えでした。やはり、想像どおりでした。加納屋と若い侍はいっしょです。でも、春蝶さんの座敷は違いました」

「春蝶さんは違いましたか」

「ええ、春蝶さんのいた座敷には客が五、六人いました。加納屋のほうは、その若い侍だけです」

「その若い侍ですが、出てきたらあとをつけて住まいを見つけていただけませんか。私は春蝶さんを見守らないとならないのです」

栄次郎は頼んだ。

「よございますよ。加納屋は妾のところか店に帰るかいずれかですからね」

「すみません」

春蝶が出てきた。提燈を持っていた。借りたのだろう。

仲居に見送られ、京橋のほうに歩いて行った。

「じゃあ、新八さん。私は行きます」

「へい。明日また、お秋さんのところに伺います」

栄次郎は春蝶のあとを追った。

三十間堀沿いから大通りに出て京橋を渡る。夜になってもひと通りは多く、この辺りで襲撃者が襲うことはまずあり得ない。

日本橋を渡り、室町、須田町と過ぎた。曲がり角では、体に隠れていた提燈の明かりが見え、暗闇に浮かんだ。

八辻ヶ原を抜けて筋違御門をくぐる。やはり、特別に怪しむところはない。

下谷広小路から三橋を渡り、いつものように不忍池に向かった。提燈の明かりが池の辺《ほとり》を行く。

が、弁天堂の参道に入り、まっすぐ堂に向かった。今夜は中までついて行かず、栄次郎は鳥居の横で、春蝶が戻って来るのを待った。

まさか、境内では襲わないだろう。それでも、栄次郎は提燈の明かりを目で追った。

しばらくして、春蝶の提燈の明かりが戻って来た。栄次郎は身を隠し、春蝶が通りに出るのを待った。

春蝶が谷中のほうに向かった。間を置いて、あとを追おうとしたとき、境内から着流しの男が三人出て来て、春蝶のあとを追うように谷中方面に向かった。

中のひとりの体つきに記憶があった。春蝶を襲った若い男だ。仲間を連れて、待ち伏せしていたようだ。

栄次郎は駆け出した。

提燈の明かりは春蝶の体に隠れて見えない。黒い影が動いた。栄次郎は走った。

提燈の明かりが空に飛んで、落ちた。提燈が燃え、春蝶の顔が一瞬だけ浮かび上がって消えた。

「待て」

栄次郎は走りながら叫んだ。

大柄な男がふたり、匕首を握って栄次郎を待ち構えた。春蝶は若い男に迫られていた。

「どけ。どかぬと斬る」

栄次郎はふたりの男に叫ぶ。

「うるせえ」

ひとりが匕首で突っかかって来た。栄次郎は体《たい》を開いて身を躱《かわ》した。相手が前につんのめった。

その男を無視して、春蝶のところに駆け寄った。今まさに匕首で突き刺そうとしている男の利き腕をとった。

「やめろ」

栄次郎は一喝し、若い男の利き腕を摑んで後ろに引き倒した。悲鳴を上げて、若い男はひっくり返った。後頭部を打ったのか、気を失った。

「この野郎」

最初に突っかかって来た男が匕首を逆手《さかて》に持って迫った。もうひとりの大男も匕首を振りかざして間合いを詰めてきた。

栄次郎は静かに左手で刀の鯉口を切った。ふたりが同時にかかってきた。栄次郎は腰を落とし、刀の柄に手をかけた。

次の瞬間、匕首が二本、宙に飛んだ。相手の男が何が起こったか悟る前に、栄次郎の剣は鞘に納まっていた。

ふたりとも、呆然としている。

栄次郎は匕首を二本拾い、

「誰に頼まれた?」

と、ふたりに迫った。

ふたりは後退る。

「言えないのか」

栄次郎はふたりの前に匕首を放った。

「ちくしょう。覚えていろ」

それを拾うや、ふたりの大男は一目散に逃げ出した。

春蝶は虚ろな目で棒立ちでいる。

「春蝶さん、大事ありませんか」

「はい」

ふと、うめき声が聞こえた。

若い男が気がついたようだ。男は体を起こし、足を広げてしゃがんだまま頭に手をやっている。

栄次郎は男のそばに行った。

「誰に頼まれて、こんな真似をしたんだ?」

栄次郎は問い詰めた。

「栄次郎さん。その男を放してやってくれませんか」

春蝶が震えを帯びた声で言った。

栄次郎は耳を疑った。

「春蝶さん。どういうことですか」

「いいんですよ」

「何がいいんですか。春蝶さんを殺そうとしたんですよ。誰に頼まれたのか、白状させましょう」

栄次郎は春蝶から若い男に顔を向け、改めてきいた。

「さあ、言うのだ。誰に頼まれた?」

「誰にも頼まれたわけじゃねえ」

若い男は目尻をつり上げて言った。

「では、己の一存か」

「そうだ」

「では、なぜ春蝶さんを襲うのだ？」

「栄次郎さん」

　またも春蝶が呼びかけた。

「その男はあっしの伜らしい」

「伜？」

　栄次郎は驚いて春蝶を見た。

「昔、俺が捨てた女の子どもらしい。俺を恨んでいる」

「そうなのか」

　栄次郎は若い男の顔を見た。

「こんな野郎、俺はおやじだとは思っちゃいねえ。おふくろの恨みを晴らしてやるんだ」

　男は憎々しげな目を春蝶に向けた。

「名はなんと言うのだ？」

「惣吉《そうきち》だ」

「惣吉か。おっかさんの名は？」

「おふみだ。池之端仲町の料理屋で女中をしていたとき、この男と出会ったんだ」

惣吉は口の中の汚物を吐き出すように言った。

「おっかさんはどうしている?」

「半年前に死んだ。そんとき、おまえの父は新内語りだとはじめて教えてくれた」

栄次郎は立ち上がり、春蝶に訊ねた。

「間違いないのですか」

「よく、覚えちゃいねえんだ」

春蝶は気弱そうに言う。

「ともかく、落ち着いて話し合ったほうが……」

地を蹴る音に気がつき、栄次郎が言葉を止めて惣吉を見た。惣吉はいきなり駆けだしていた。

すぐに追いかけようとしたが、栄次郎は春蝶に腕をつかまれた。

「栄次郎さん。すまねえ、見逃してやってくれ」

「春蝶さん」

栄次郎はあとの言葉が続かなかった。

惣吉は闇の中に消えてしまった。

「すまねえ、このとおりだ」

春蝶は頭を下げた。

痛々しい姿に思えた。

「送って行きましょう」

栄次郎は悄然としている春蝶を千駄木の長屋まで送って行った。

音吉はまだ帰っていなかった。まだ、吉原で稼いでいるのだ。

「じゃあ、春蝶さん。私は引き上げます。あとで、改めて話を聞かせてください」

そう声をかけ、栄次郎が土間から出ようとしたとき、

「栄次郎さん」

と、春蝶が呼び止めた。

栄次郎は振り返った。

「あの頃、俺は女に不自由しなかった。女のほうから寄ってきた。いや、自慢するわけじゃねえ。客に呼ばれて料理屋に行けば、帰りには女中に逢引きの場所を耳打ちされたものだ。親しくなった芸者や女中は数えきれねえ。そんな中に、おふみって女がいたような気がする」

「覚えていないんですね」

「はっきりしねえ。いろんな女と浮名《うきな》を流したからな。俺の住まいに押しかけて来た

女だったかもしれねえ」

春蝶は決していい男ではない。だが、かんのきいた声で新内を語る姿はどんな男よりも粋で色っぽい。とくに玄人《くろうと》の女はその色気に心を奪われてしまうのだろう。

「俺はいい加減な男だった。女房と子どもを捨てて他の女と暮らしたり、そんな中でも、誘われりゃ、その女とも仲よくなっちまう。栄次郎さん、呆れたでしょう」

その別れた妻子と山中温泉で偶然再会したという話だった。だが、結局、それきりになってしまったのだ。

「はじめて不忍池の縁で惣吉に襲われたとき、あいつはこう言って襲って来た。俺はおめえに捨てられたおふみの子だ。俺たち母子を捨てた恨みを晴らすと」

春蝶は肩をすくめ、

「俺は自分の子に殺されようとしている。そう思ったとき、頭の中が真っ白になっちまった」

「春蝶さん。惣吉さんとちゃんと話し合うべきです。惣吉さんの怒りを鎮《しず》めてやれるのはあなたしかいません」

栄次郎は説得した。

「惣吉さんの住まいはわからないのですか」

「わかりません」

「そうですか。なんとか、探し出しましょう」

このままだったら、また襲ってくるだろう。母親のおふみが死んだのは半年前だという。それから、春蝶を探していたのだ。だが、その頃、春蝶は江戸にいなかった。伊勢にいたのだ。

そうか、と栄次郎ははじめて理解出来たことがあった。春蝶が江戸に舞い戻ったことを、どうして惣吉が知ったのか。

惣吉は春蝶を訪ねて、春蝶の師匠のところにも行ったのだ。大師匠が春蝶の破門を解いたのは、江戸に呼び寄せ、惣吉に殺させるためだったのではないか。

惣吉の背後に大師匠がいたのだ。

惣吉には春蝶に対する怒りしかなかったのだ。春蝶に対する憎しみで固まっている。大師匠はそんな惣吉の気持ちを巧みに利用したのだ。

汚い、と栄次郎は叫びそうになった。だが、この考えを、春蝶にはまだ言わずにおいた。

「あっしは、惣吉に殺されてもしょうがないんだ」

春蝶がうめくように言った。

「春蝶さん。惣吉さんをひと殺しにしてはいけません。死罪になってしまいます」

「死罪」

衝撃を受けたように春蝶は目を見開いた。

「そうです。それより、惣吉さんを立ち直らせることが大事です」

「…………」

春蝶はうつむいた。

「惣吉さんは、これからも狙って来るかもしれません。くれぐれも、用心してください」

「わかりました。惣吉を死罪には出来ねえ」

「そうです。また、明日でも相談しましょう」

なんとか、惣吉に会わねばならないと考えた。


その夜遅く、栄次郎は本郷の屋敷に帰った。

母はもう休んだらしく、起きては来なかった。安心したものの、明日の朝に、お小言を食らうかもしれない。

毎晩、帰りが遅いからだ。

兄の部屋から明かりが漏れていた。兄はまだ勉強しているのだろうか。自分の部屋に入ろうとしたとき、兄の部屋の襖が開いた。

「兄上。ただいま、帰りました」

栄次郎は小さくなって言う。

「ちょっと、来ないか」

「はい」

栄次郎は兄の部屋に入った。

兄と差し向かいになった。

「栄次郎。江戸に戻ってどのくらい経つのだ?」

兄は真顔できく。

「はい。かれこれ半月になります」

「あいさつ廻りは済んだのか」

「はい」

訝しく、栄次郎は兄を見た。質問の意図がつかめなかったからだ。なぜ、今頃、そんなことを言い出したのかが不思議だった。

「栄次郎。まだ、大事なひとにあいさつを済ませておらんではないか」

兄が厳しい声で叱責するように言った。

「えっ」

栄次郎はあわてた。心中事件や春蝶の件に取り紛れて、肝心なひとへのあいさつを失念していたかもしれない。

特に、兄の関係のひとか。栄次郎は懸命に思い出そうとした。

「思い当たらぬのか」

兄は不機嫌そうに言う。

「申し訳ございません。ちょっと、思い出せません」

「思い出せぬのか。しょうがない奴だ」

兄は眉根を寄せ、吐息を漏らした。

「申し訳ございません。すぐに、お詫びに上がります。どなたか、教えてください」

栄次郎は哀願した。

「『一よし』だ」

「『一よし』？　あっ」

と、栄次郎は短く叫んだ。

「おしまさん」

　栄次郎が口に出すと、兄はにっこり笑った。

「そうだ。おしまは心配していた」

　おしまは『一よし』での栄次郎の敵娼《あいかた》だ。美人ではないが、気性のさっぱりした女で、栄次郎の悩みをわかり、いたわってくれる。

「そうでした。すっかり忘れていました。肝心なおしまさんに知らせないのは、私の過ちでした」

　お露とのことで苦しみ悶えている栄次郎をやさしく包んでくれたおしまに元気になった姿を見せなくては申し訳なかった。

「兄上、よく教えてくださいました。礼を申します」

「なあに、今宵久しぶりにおぎんのところに行ったら、おしまが顔を出して、栄次郎さまは無事にお帰りになったのでしょうかときいてきたのだ」

「そうでしたか。いけないことをしました。あのひとには甘えっぱなしで」

「まあ、そのうちに顔を出してやるといい」

「はい」

「用事はそれだけだ」

　栄次郎はくすりと笑った。

「何がおかしい？」

兄が怪訝そうにきいた。

「いえ、兄上がおぎんさんのところに行っていると聞いて、なんだかうれしくなったんです」

「おかしな奴だ」

兄は厳めしい表情になって、

「もう遅い。早く寝ろ」

「はい。失礼します」

栄次郎は辞儀をして、兄の部屋を出た。

ひとりになると、急におしまのことが懐かしくなった。自暴自棄になっているとき、やさしく包んでくれたことで、どれほど癒されたか。

おしまがどんなに心配してくれていたか。そこまで思い至らなかったことで、栄次郎は自分を責めた。

# 五

翌日の午後、栄次郎はお秋の家で、新八と会った。

三味線の稽古をしているときにやって来たのだ。栄次郎は三味線を片づけて、新八と差し向かいになった。

新八は稽古を邪魔したことを詫びてから、少し前かがみになって口を開いた。

「あの侍は、北森下町にある小野派一刀流飯田剛十郎《いいだごうじゅうろう》の剣術道場に入って行きました。どうやら、その道場の離れで寝起きしているようです。きょう、もう一度、そこに行って来ました」

「それは、ごくろうさまでした」

「庭を掃除していた下働きの男に聞いたら、道場主の知り合いで、伊谷光三郎《いたにこうざぶろう》だと教えてくれました」

「やはり、侍ですね」

「ええ。下働きの男が言うには、どこかの藩の浪人だそうです。ときたま、道場に出て、代稽古をしていると言っていました。どうします？ 行くなら案内しますが」

新八がきいた。

「行きましょう」

栄次郎は即答した。

まず、あのときの男と同一人物かどうか、それを探るのが先決だった。

刀を持って階下に行くと、お秋が驚いた目で、

「お出かけですか」

と、きいた。

「ええ、急用を思い出したのです」

「まあ」

お秋は新八を睨んだ。

「すいません。どうしても、栄次郎さんに来ていただかないと埒《らち》が明かないものでして」

新八が言い訳をする。

「お秋さん。私が新八さんに頼んだ件なのです。明日は朝早めに来ますから」

栄次郎もお秋の機嫌を取り結んだ。

「きっとですよ」

お秋はうらめしげに栄次郎を見送った。

外に出てから、

「栄次郎さん。船で渡りますかえ」

と、新八がきいた。

「そうしましょうか」

御厩河岸《おうまやがし》の渡しである。

ちょうど、船が出るところだった。「待ってくれ」と大声で叫びながら、新八は駆け出した。

船頭は待っていてくれた。

栄次郎と新八が乗り込むと、船頭は杭にもやってある綱を解き、棹《さお》を使った。

船は桟橋をゆっくり離れた。波が高く、少し揺れたが、船は無事に対岸に着いた。

桟橋のすぐ向こうは武家屋敷が並んでいる。

栄次郎と新八は御竹蔵の前を過ぎ、亀沢町からそのまままっすぐ南下し、二の橋を渡った。

弥勒寺の前を通り、橋を渡ると北森下町である。

小野派一刀流飯田剛十郎の道場の前にやって来た。

道場の武者窓から通りがかりの職人や行商の男が稽古を眺めている。新八はそこに行き、道場内を見た。

新八が戻って来た。

「今は道場にいません。どうしましょうか」

「どこかで時間を潰し、もう一度来てみましょう」

「わかりました」

いったん、来た道を戻った。

弥勒寺山門前の茶店に入った。

縁台に腰を下ろすと、ばあさんが近づいて来た。

「甘酒をふたつもらおうか」

新八がばあさんに注文する。

「はい。ありがとうございます」

ばあさんが釜のほうに向かった。

「栄次郎さん。もし、伊谷光三郎が出かけていたらどうします?」

「明日、午前中に来てみましょう」

「場合によっては、あっしが誘《おび》き出してもよいですが……」

ばあさんがやって来たので、新八はあとの言葉を呑んだ。

「お待ちどおさまでございます」

「ありがとう」

栄次郎は甘酒の入った湯呑みを受け取った。

呑み終えたとき、竹刀《しない》と胴着を持った侍がふたり、目の前を通って行った。

「飯田剛十郎の道場の者でしょうか」

新八がふたりを見送って言う。

「そのようですね」

栄次郎は残りの甘酒を呑み干してから、

「じゃあ、行きましょうか」

と、湯呑みを置いた。

「ここに置きます」

栄次郎はばあさんに言い、茶代を置いた。

「栄次郎さん。これを」

新八が財布を取り出すのを、

「いいですよ」

と、栄次郎は断った。

「私の頼みで動いてもらっているんですから」

「でも……。そうですか、じゃあ、お言葉に甘えて」

新八は素直に頭を下げた。

再び、道場に向かう。途中、稽古帰りらしい若い侍とすれ違った。

道場に戻った。武者窓の前に誰もいない。もう、稽古が終わったのだ。ゆっくり、夕暮れが迫ってきていた。

道場の前を行き過ぎ、途中でまた戻って来た。

再び、道場の門前に差しかかったとき、突然、新八が小声で言った。

「あの侍です」

道場の門から、背のすらりとした侍が出て来た。落ちくぼんだ頬の面長の顔は色白で、眼光は鋭い。

その目が栄次郎に向けられた。栄次郎も見返す。微かに相手の侍の表情が動いた。が、そのまますれ違って行った。

栄次郎は振り返り、小名木川のほうに向かった男の後ろ姿を見た。

「間違いありません。遊び人のなりをして『加納屋』の内儀おひさに言い寄った男です」

栄次郎は言い切った。

「こいつは、たいへんなことになりましたね」

「ええ。あの侍が加納屋とつながっていることを考えたら、あの心中事件は偽装されたものとみていいでしょう」

だが、と栄次郎は考え込んだ。この先、どういう手があるのか。

正面切って、加納屋や伊谷光三郎と対決してもしらを切られるだけだ。

すでに、心中としてけりがついているものを、いまさら殺しだと訴えても奉行所が取り上げてくれないだろう。

あの心中事件が偽装だという証拠は何ひとつとしてないのだ。ある意味、栄次郎が疑いを持ったというだけである。

「栄次郎さん。念のためです。伊谷光三郎のあとをつけてみます」

「相当に腕が立つようです。気をつけてください」

「ええ、では」

新八は伊谷光三郎が去った方角に小走りに行った。

夕暮れてきて、辺りは薄暗くなっていた。ひとりになった栄次郎は来た道を引き上げかけたが、はたとゆうべの兄とのやりとりを思い出した。

そうだ、ここまで来たのだから、と栄次郎は足の向きを変えた。

伊谷光三郎や新八のあとを追う形になったが、もうふたりの姿は前方になかった。

小名木川を渡り、そのままさらにまっすぐに進み、仙台堀、油堀川を越えて、仲町にやって来た。

永代寺の裏手にある『一よし』に向かった。

店先にいたおしまが栄次郎を認め、飛び出して来た。

「栄次郎さん」

「やあ、久しぶり」

栄次郎は笑った。

「さあ、入って」

おしまは栄次郎の手をとって店に入った。

梯子段を上がって、二階の小部屋に入る。行灯のぼんやりした明かりがなまめかしい。

「栄次郎さん。お帰りなさい」

おしまが弾んだ声で言う。

「無事、帰ってきました。ごあいさつが遅くなってすみませんでした。ゆうべ、兄に叱られました。まっさきに、おしまさんのところにあいさつに行かねばならないのに」

「そんなことはいいんですよ」

おしまは甲斐甲斐しく栄次郎が浴衣に着替えるのを手伝った。

「ここは落ち着くな」

栄次郎はあぐらをかいて狭い部屋を見回す。紅色の衣桁《いこう》や漆の剝げた鏡台もなつかしい。天井の節穴も同じだ。

「お茶にしますか。それとも？」

「お酒にしましょう」

栄次郎が言うと、おしまは微笑んだ。

栄次郎は下戸だった。酒の匂いを嗅いだだけでも具合が悪くなるほどだった。だから、ここに来ても、いつも茶だけだった。

「呑めるようになったんですね」

「ええ、ほんの少しですが。この前のような悪酔いはしませんから」

お露とのことで苦しみ悶えて酒に逃げようとした。そのとき、おしまは呑めるだけ、呑みなさいと酒の相手をしてくれたのだ。

「栄次郎さんは悪酔いなんかしてませんよ」

そう言ってから、おしまは部屋を出て行った。

すぐに酒を持って戻って来た。

「さあ、どうぞ」

「すまない」

栄次郎は猪口を差し出す。

「栄次郎さん、たくましくなったわ。それに、少し色気が出て来たみたい」

「ほんとうですか」

「ええ。ほんとうよ」

おしまが栄次郎をまじまじと見つめて言う。

「おしまさんに、そう言ってもらえるのはうれしいな」

栄次郎は素直に喜んだ。

「すっかり、吹っ切れたようですね」

「ええ、ご心配をおかけしました」

「旅は男のひとを大きくするようですね」

ふと、おしまは寂しそうな顔をした。

「どうしたんですか」

栄次郎は気になった。

「栄次郎さんがだんだん私とは釣り合わない、遠い存在になっていくようで、なんだか、寂しくなったの」

「そんなことはありませんよ。私は変わらないですよ」

「ええ、そうね。栄次郎さんはどんなに立派になっても、変わるようなひとじゃないわ」

おしまは自分に言い聞かせるように言った。

酒を呑むうちに、少し酔いがまわってきた。

「お茶を淹れましょうか」

おしまが鉄瓶から茶を淹れている間、栄次郎は片肘ついて横になった。

「あら、眠くなったんですか」

「ええ、枕貸してください」

「栄次郎さん、どうぞ」

おしまが膝を近づけて来た。

「ここへ」

「いいんですか」

「どうぞ」

「じゃあ、遠慮なく」

栄次郎はおしまの膝枕に頭を載せた。

ふと、春蝶の都々逸節が蘇った。

枕出せとは　つれない言葉
そばにある膝　知りながら

おしまと一刻（二時間）ほど過ごしてから、栄次郎は『一よし』を出た。

夜風に当たりながら、栄次郎は永代橋を渡った。栄次郎にとって、おしまは姉のような存在だった。

永代橋を渡り、日本橋川沿いを小網町に差しかかった。もう河岸も真っ暗だ。ところどころに呑み屋の提燈の明かりが闇夜に浮かんでいる。

末広河岸に入ると、前方にひとだかりがしていた。幾つもの提燈の明かりが揺れていた。近づいて行くと、男たちが川から何かを引き上げたところだ。

ひとだった。男だ。まわりの男に動きがないのは、引き上げられた男はすでに死んでいるのだろう。そのまま、行き過ぎようとして、栄次郎は磯平の姿を見つけた。

磯平は死体を検《あらた》めていた。

「斬られている。殺されてから川に捨てられたんだ」

磯平の声が聞こえた。

栄次郎は心の臓が殴られたようになった。まさか、と思いながら、ひとをかき分けた。

「磯平親分」

栄次郎は声をかけた。

返事を聞く前に、

「ほとけさんを拝ませてください」

栄次郎は死体の前に片膝をついた。

男は中肉中背のえらのはった顔だ。

新八ではなかったと、栄次郎はほっとした。新八は伊谷光三郎のあとをつけて行った。だから、もしやと思ったのだ。

「矢内さま。どうしやした」

磯平が声をかけた。

「すみません。ちょっと……」

新八ではないかと焦ったことを話そうとして、栄次郎はほとけの特徴に気づいた。

「磯平親分、この男の顔はえらが張っていますね」

「ええ、それが？」

磯平はまだ気づいていないようだ。無理もない。栄次郎とて、伊谷光三郎との絡みがなければ思い出さなかったはずだ。

「中肉中背のえらのはった顔という特徴で、何か思い出しませんか」

栄次郎はきいた。

「えらのはった？」

「親分から聞いたことですが」

あっと、磯平は声を上げた。

「『加納屋』の手代の友吉といっしょにいた男のことですね」

磯平は確かめるようにきいた。

「ええ、特徴が似ていませんか」

「確かに」

「もちろん、たまたま似た特徴の男だったかもしれません。でも、気になるんです」

「仲間割れですか」

「ええ。分け前が少ないと文句を言ったのかもしれません」

「そうですね。まず、明日にでも、目撃した大工のかみさんに顔を検めてもらいます」

そこまで言ってから、磯平が訝しげに、

「矢内さまはどうして、ここに？」

と、きいた。

「じつは、加納屋が会っていた侍の住まいを新八さんが突き止めてくれたのです。伊谷光三郎といい、北森下の剣術道場で居候をしています。そこまで、様子を見にこっちに来たのです」

「そうですか」

「この男が友吉といっしょにいた男かどうか。わかったら、教えていただけますか」

「いいでしょう。浅草黒船町の家までお知らせにあがります」

「よろしく、お願いいたします」

栄次郎はその場を離れた。

# 第三章　襲　撃

## 一

　翌日の午前、栄次郎は本郷の屋敷を出て、本郷通りを行った。やがて、湯島聖堂の脇を通って湯島一丁目から明神下にやって来た。

　すぐ背後が神田明神の杜《もり》である長屋の路地を入った。新八の住まいは一番奥である。

　新八と書かれた千社札が貼ってある腰高障子を開けて、中に呼びかけた。

「新八さん」

　しかし、返事がない。もう出かけたのか、ふとんは畳んで枕屏風の後ろに積んである。

　土間の横に竈《かまど》があり、八畳一間の部屋だ。突き当たりは壁だが、窓があり、陽光が射し込んでいる。

　背後にひとの気配がした。

「栄次郎さん、いらっしゃい」

　戸口に、新八が現れた。

「すいません。ちょっと、明神さまにお参りに行って来たんです」

「何か、願いごとでも？」

「せっかく明神さまのそばに住むようになったんですから、毎朝お参りしようと思ったんですよ」

　新八は部屋に上がってから、

「どうぞ」

　と、勧めた。

「じゃあ、お邪魔します」

　栄次郎は上がった。

　八畳あるので、少しは広く感じられた。深川の長屋は六畳一間で、土間も狭かったが、ここは少し広い。

　とはいえ、新八は以前はもっといい家に住んでいたのだ。そこから比べたら、だいぶ落差を感じるかもしれない。

だが、盗んだ金での優雅な暮らしより、地道に働いた金での慎ましやかな生活のほうが心が豊かになるはずだ。

「午後になったら、お秋さんの家に行ってみようと思っていたんです。栄次郎さんのほうから訪ねて来るなんて、ただごとじゃありませんね」

新八が真顔になってきいた。

「きのう、末広河岸で、手代の友吉を誘き出したと思われる男の斬殺死体が見つかりました」

「斬殺ですって？　まさか、伊谷光三郎が？」

新八は眉根を寄せた。

「口封じのために斬り殺した可能性があります。もっとも、これも想像だけです。それに、まだ友吉といっしょにいた男かどうか、確かめられたわけではないので、早計なのですが。ところで、新八さんは伊谷光三郎のあとを、どこまでつけて行ったのですか」

「最後は失敗でした」

「新八さんの尾行に気づいたというのですか」

そうだとすると、容易ならざる相手だと言わざるを得ない。新八は天井裏に潜んでいるときと同じように、気配を消してあとをつけている。その尾行に気づいたとは、栄次郎は信じられない思いがした。

「最初はだいじょうぶでした。でも、二度目のとき、失敗しました」

新八は無念そうに言う。

「最初というと、はじめは伊谷光三郎はどこに行ったのですか」

「どこだと思いますか。浜町ですよ。宗兵衛の妾の家に行きました」

「じゃあ、宗兵衛も来たのですね」

「ええ、伊谷から遅れてやって来ました。三人が雁首を揃えたってのは何かあったんじゃないでしょうか」

「それが友吉といっしょだった男の死と関係しているかもしれませんね。つまり、そこで、斬るという結論になった……」

しかし、これも証拠のないことだった。

「あのあと、伊谷光三郎は暗くなってから宗兵衛の妾の家を出て行きました。あっしは、あとを追ったんですが、伊勢町河岸にある『一平』という居酒屋に入って行きました。ところが、いっこうに出て来ないのです。不思議に思って、その店を覗いたらいないんです。店のおやじにきいたら、裏口からちょっと前に帰ったってことでした」

「ちょっと前ですって。それは、おかしいですね。尾行に気づいていたなら、居酒屋に入ってすぐに裏から出て行ったはずです。しばらく店にいたのは、やはり尾行には気づいていなかったんじゃないでしょうか」

新八の尾行に気づいたとは思えないのだ。

「でも、裏から出たというのを、どう考えます？」

「あとから、店に入った男が新八さんに気づいて、伊谷光三郎に教えたのかもしれません。そのような人間に心当たりは？」

「そういえば……」

新八が思案顔になった。

「店から出て来た男が堀で小便をしたんです。そんとき、柳の木のそばに立っていたあっしに気づいたのかもしれません。そのあと、男は店に戻って行きましたから」

「男はなにげなく自分の連れに話した。それを脇で聞いた伊谷光三郎は、自分の尾行だと察したということかもしれませんね」

栄次郎はそう推測した。

「つまり、伊谷光三郎がそれほど用心をしたということは、そのあとに大事な役目があるから……」

新八が応じる。

「そうだと思います」

伊谷は、友吉を誘き出した男と待ち合わせていたのではないか。

「新八さん。ひょっとして、その店で、友吉を誘き出した男と待ち合わせていたのかもしれませんね」

だが、結局、このことも憶測の域を出ない。

「新八さん。まず、磯平親分の調べを待ってから、次の手立てを考えましょう。殺された男と伊谷光三郎のつながりがわかるかもしれません。そこから、何か打つ手が見つかるでしょう」

栄次郎は今後の進め方を示した。

「わかりました。あっしは、伊谷光三郎についてもう少し詳しく調べてみます」

「お願いします。じゃあ、私はこれから春蝶さんのところに行って来ます」

栄次郎は立ち上がった。

「栄次郎さんも忙しいですね。一文の得にもならないことなのに……」

半ば呆れ、半ば感心するように、新八は言った。

「なんだか見捨てておけないんです。困った性分です」

栄次郎は苦笑いした。

明神下から武家地を抜けて、池之端仲町に出て、そこから不忍池に出た。

栄次郎は惣吉の手掛かりを得るには大師匠に会うしかないと思っていた。大師匠が惣吉の背後に控えていることは間違いない。

両者がつるんでなければ、惣吉が春蝶の行方を突き止めることは不可能だったはずだ。ただ、大師匠を問いつめても口を割ることはないだろう。それでも、何らかの感触はつかめるかもしれないと思った。

谷中から千駄木にやって来た。団子坂にある長屋に入って行く。

ちょうど、腰高障子を開けて音吉が出て来た。桶をもっていた。井戸に水を汲みに行くところのようだ。

「あっ、栄次郎さん」

音吉が憂いがちな顔を向けた。

「どうしましたか。何かあったのですか」

栄次郎も不安になってきいた。

「ゆうべ、春蝶さんが帰っていないんです」

「帰ってない？」

覚えず、栄次郎はきき返した。

「はい。きのう午後から出かけ、一刻（二時間）後に帰って来たと思ったら、また出かけたんです。仕事じゃありません。三味線は置いてあります」

「何も言わないんですね」

「そうです。何も話してくれませんでした」

音吉の表情は曇っている。

「まさか…」

惣吉に会いに行ったのかもしれないと思った。春蝶はなんらかの方法で、惣吉の住まいを知ったのではないか。

惣吉に会いに行ったとしたら……。栄次郎は心の臓を鷲摑みされたような衝撃を受けた。春蝶の身に危険が及ぶ可能性がある。

「音吉さん。大師匠に会わせていただけませぬか」

「大師匠に？」

「ええ。春蝶さんは惣吉に会いに行ったのかもしれません。惣吉の住まいは、大師匠が知っているかもしれません」

「でも」

「決して、ご迷惑はおかけしません」

「わかりました。ただ、きょう、明日というわけにはいかないと思います。大師匠はなかなか気難しい御方《おかた》なので。それに、私は孫弟子になりますので、恐れ多くて近づけません。春蝶の兄弟弟子の佐太夫さんにお願いしようと思うのですが」

「そうですね」

大師匠の富士松蝶丸が惣吉の背後にいるとしたら、会っても無駄だ。何も話してくれないだろう。それでも、大師匠には会って確かめなければならない。

「わかりました。お願いします」

「はい」

「では、もう一度、夜に来てみます。春蝶さんのことが気になりますから」

栄次郎は不安を抑えて言った。

「あっしは、帰ってはないかもしれませんが、よろしくお願いします」

音吉は頭を下げた。

春蝶が惣吉のところに行ったのではないかと考えたが、それが当たっているかわからないのだ。別の用事で、出かけたことも考えられる。

しかし、別の用事が何かもさっぱりわからない。

「では」

栄次郎は長屋を出て、来た道を戻った。

鳥越の師匠の家に向かうのだ。稽古は休むわけにはいかない。師匠の家が見えて来たときには、もう栄次郎の頭の中は芸のことしかなかった。


午後になって、鳥越の師匠の家から浅草黒船町のお秋の家に向かった。

お秋の家の前で、岡っ引きの磯平が待っていた。

「親分。待っててくれたのですか」

「へい」

磯平は軽く会釈をし、

「矢内さま。わかりました。やっぱし、友吉といっしょにいた男のようです。目撃した大工の女房は死体の顔を見て、似ていると答えました」

磯平は少し昂《たかぶ》った口調で話した。

「やはり、そうでしたか」

「これで、口封じの可能性が大きくなってきました」

磯平は口許を歪めて言い、さらに続けた。

「加納屋宗兵衛を問いつめましょうか」

「まだ、早いでしょう。証拠がありませんからとぼけられるのが落ちです。それより、殺された男の身許がわかれば、伊谷光三郎とのつながりがわかるかもしれません」

殺された男の身許がわかってからでいいと、栄次郎は言った。

「へい。今、手下が行方不明になった者がいないか、探しております」

磯平は答えた。

栄次郎は話題を変え、

「新八さんの話では、ゆうべ伊谷光三郎は加納屋の妾の家に行ってから、伊勢町河岸の『一平』という居酒屋に入ったそうです」

と、新八から聞いた話をした。

「おそらく、その居酒屋で、伊谷光三郎は殺された男と待ち合わせていたのかもしれません。調べてみる必要があるかもしれません」

「わかりました。あっしがその店を調べてみましょう」

磯平は素直に請《う》け合った。

ったのだ。

「お願いします」

磯平と別れ、栄次郎はお秋の家に入った。少しでも、三味線の稽古をしておきたかった。

夜になって、栄次郎は千駄木に向かった。

団子坂にある長屋に着いたのは五つ（午後八時）近かった。もう、辺りはひっそりとし、ところどころに民家の明かりが見えるだけだった。

暗い長屋路地に入って行く。音吉の住まいの前に立ったが、中は真っ暗だった。

春蝶は帰っていない。栄次郎は愕然とする思いだった。春蝶の身に何かあったのではないか。

音吉の話を思い出してみる。

きのうの昼間、春蝶はどこかに出かけ、いったん帰って来てから、再び出かけたという。どこへ出かけたのか。

惣吉かもしれないと思ったが、どうやって惣吉の居場所を知ったのだろうか。

もしやと、栄次郎の脳裏を掠《かす》めたのは、惣吉の母親のことだ。確か、おふみと言った。春蝶はおふみと惣吉が暮らしていた場所に行ったのではないか。おふみの故郷だ。

おふみはすでに死んでいる。だとしたら、墓参りだ。おふみの墓前で、詫びるために……。

そう思うと、そうに違いないように思えて来た。

おふみの故郷を知っていたのか。いや、春蝶はきのうの昼間、一刻（二時間）ばかり、出かけていたという。

昔、おふみが働いていた池之端仲町の料理屋に出向き、聞き出したのではないか。

だが、栄次郎には、その料理屋がどこだかわからない。

半刻（一時間）ほど待ったが、春蝶が帰って来る気配はなかった。

待っていても無駄だと思い、栄次郎は引き上げた。

二

翌朝、栄次郎はもう一度、千駄木を訪れた。

音吉が不安げな表情で部屋の中で座っていた。やはり、春蝶は戻っていなかった。

「どうしちゃったって言うんでしょうか」

音吉は泣きそうな声で言った。

「音吉さんは、二十年ほど前の春蝶さんのことはわかりませんよね」

　栄次郎は無駄と知りつつ訊ねた。

「二十年前は、師匠とは巡り合っていません。それに、あっしはまだがきでしたから」

「そうですよね」

「栄次郎さん、何か」

「春蝶さんは、おふみというひとの故郷に行ったのではないかと思うんです」

「おふみ？」

　栄次郎は事情を話した。

「そうですか。うちの師匠は女によくもてましたから……。でも、へんですね」

「へんとは？」

「師匠は、女との別れ方もきれいなものでした。それに、師匠は憎めない人間でして、いくら冷たくされても、師匠を恨むような女は誰もいなかったはずで。だから、我が子に恨まれるような真似をしたとは信じられないんです」

「でも、妻子を捨てたんじゃないですか」

「ええ」

「山中温泉で、別れた妻子と再会しても、ほんとうの子どもには会ってもらえなかったんじゃないですか」

「…………」

「春蝶さんにはその気がなくとも、相手からすれば裏切られたと思うこともあったかもしれません」

「そうおっしゃられれば、返す言葉はございません」

音吉はため息をついた。

「おふみさんの故郷は江戸ではないんでしょう。行って帰って来るまで数日かかるところかもしれません」

「そうですね」

「二十年ほど前に、おふみさんが働いていた料理屋で、春蝶さんは故郷を聞き出し、そこに向かったんじゃないでしょうか。そうだとしたら、きょうか明日にでも戻って来るかもしれません」

栄次郎は自分自身をも安心させるようにいった。

「そうだといいんですが」

「ええ、春蝶さんのことです。ひょっこり、帰って来るはずです」

音吉をなぐさめ、栄次郎は引き上げかけた。

「栄次郎さん。大師匠のことですが、きょう佐太夫さんが頼んでくれるそうです」

「そうですか。いろいろ、すみません」

「それはこちらの台詞《せりふ》です」

音吉は恐縮したように言った。


春蝶のことで気をもみながら、栄次郎は千駄木から不忍池をまわって明神下の長屋に新八を訪ねた。

腰高障子を叩いて呼びかけると、内から返事がして、ようやく心張り棒の外れる音がした。

新八はまだ寝ていたようだ。

寝起きの顔で、

「すいません。今、起きたばかしなもんで」

と、新八は急いで布団を片づけた。

「起こしてしまったようですね」

栄次郎はすまなそうに言う。

「とんでもない。もう、起きなきゃいけないところでしたから」

新八はあわてて言う。

「ゆうべ、遅かったのですか」

栄次郎がきくと、新八は苦笑した顔を向け、

「じつは、加納屋の妾の家に忍び込み、天井裏で過ごしたんですよ」

と、いたずらを見つかった子どものような顔をした。

「ほんとうですか」

そこまでしたのかと、栄次郎は目を瞠《みは》った。

「ふたりは、なかなか寝入らなかったので、引き上げそびれました。でも、おかげで、いくつかわかりました。ふたりが寝物語に語ったのは、そのうちにお絹って女を『加納屋』に入れるってことです」

「後添《のちぞ》いということですね」

「そうです。だんだん、奴らの目論見《もくろみ》が見えて来ました。伊谷光三郎を金で雇い、内儀を誘惑させたんですよ」

新八は汚物を吐き出したあとのように顔をしかめた。

「思い切って、伊谷光三郎に当たってみるのも手ですね」

何気なく口にしたのだが、栄次郎はそうしてみようかという気になった。ただ、会ってから、どう切り出すか、そこが問題だと思った。

いきなり、加納屋宗兵衛とのつながりから心中の偽装にまで言及したとしても、証拠があるわけではない。なんとでも言い逃れ出来てしまう。

「ともかく、これからあの道場に行ってみます」

ある考えが閃き、栄次郎は言った。

「あっしもお供します」

新八は即座に答えた。

昼前に、深川北森下町に着いた。

小野派一刀流飯田剛十郎の剣術道場の前に立った。わざわざ、訪れるわけにはいかない。あくまでも、偶然を装うのだ。

道場の武者窓から覗いたが、伊谷光三郎の顔は見えない。

着流しに刀を落とし差しにした伊谷光三郎が道場の門から出て来たのは、栄次郎が門の近くで半刻（一時間）ほど待ったあとだった。

「行きます」

栄次郎は伊谷光三郎に向かって歩きだした。

伊谷光三郎は栄次郎に気づき、不審顔になった。栄次郎は構わず、伊谷に近づき、行く手を塞ぐようにして立ち止まった。

「俺に何か用か」

伊谷は眉根を寄せ、冷やかな目つきを向けた。

「間違えていたら、失礼ですが」

と、栄次郎は口を開いた。

「あなたは猿の根付を浅草黒船町の家にとりに来たひとではありませんか」

伊谷の顔つきが変わった。

「ひと違いであろう」

そう言い、伊谷はすれ違おうとした。

「町人の格好ではないので驚きました。あのときの女のひとはどうしていますか」

栄次郎は相手を挑発するように言った。

「きさまが何を言っているのか、よくわからん」

伊谷は立ち止まり、栄次郎を睨み付けた。

「よく顔を見てください。あのとき、偶然に居合わせた者です。あっ、申し遅れました。私は矢内栄次郎と申します」

栄次郎はあえて名乗った。

「覚えておこう」

そう言い、伊谷は小名木川方面に足早に去って行った。

新八が軽く手を上げて合図し、伊谷のあとをつけて行った。

これで、伊谷がどう出るか。このまま黙殺するか。栄次郎も、あとを辿るように歩きだした。


小名木川にかかる高橋を渡ってすぐに大川のほうの川沿いに進む。前方に、新八の姿が見えた。

大川に出て、そこから永代橋に向かった。

小網町を過ぎ、友吉を連れ出したと思われる男の死体が見つかった末広河岸を通って伊勢町河岸に差しかかったとき、磯平が居酒屋から出て来るのを見た。

「親分」

栄次郎は呼びかけた。

「ああ、矢内さま」

「あそこが伊谷光三郎が裏から逃げたという居酒屋『一平』ですね」

栄次郎は確かめた。

「そうです。伊谷光三郎は何度かあの店に来ていたようです。いつも、ひとりで。ただ、あの夜、連れがあったそうです」

「連れ？」

「いえ、あとからやって来た男と待ち合わせていたようです。どうやら、そいつが殺された男のようでした。亭主の話では、その男ははじめて見る顔だったとか」

伊谷光三郎が居酒屋に呼び出したものと思われる。

「そうそう、その男は途中で、外に出て行ったそうです。すぐ戻って来たんですが、それからすぐに伊谷は裏から出て行ったってことです」

「そうですか」

栄次郎は吐息をついた。

やはり、伊谷光三郎はつけられていたことに気づいていたのだ。新八は酔っぱらいが小便に出て来たと言っていたが、あれは伊谷から言われて、尾行者を確かめるためだったに違いない。

「殺された男の身許はまだ、わからないのですね」

「深川辺りの遊び人を当たっているんですが、仲間に行方不明になった男はいないってことです。今、手下が浅草から山谷方面で姿が見えなくなった男がいるかどうか、探しています」

「殺された男の身許がわかれば、伊谷光三郎とのつながりもわかるでしょう」

「ええ、じき見つけることが出来ると思います」

栄次郎は言い忘れていたことを思い出した。

「じつは、新八さんが宗兵衛の妾の家に忍び込んで盗み聞きをしたところによると、近々、宗兵衛は妾を後添いとして『加納屋』に迎えるようです」

「そうですか。そのために、内儀を殺したってわけですね」

不快そうに、磯平は口をひん曲げた。

「そうです。許されません」

「ええ、きっと証拠を見つけてふん縛ってやります」

磯平は顔を紅潮させた。

「では」

栄次郎は磯平と別れ、新八のあとを追った。

おそらく、伊谷光三郎は宗兵衛の妾のお絹のところに向かったのではないかと想像し、浜町堀に足を向けた。

案の定、荒物屋の陰に新八を見つけた。そこから、妾の家の格子戸が見える。

「栄次郎さん、よくここが?」

新八が驚いてきいた。

「ここで、宗兵衛と落ち合うつもりだと思ったんですよ」

「ですが、まだ宗兵衛は来ていないようです。宗兵衛が来るのは、店が終わってからだとすると、あと一刻(二時間)近く、時間がありますね」

ちょうど、夕方の七つ(午後四時)の鐘が鳴りはじめた。

「まだ、だいぶ時間がありますね。どこかで時間を潰さないと」

新八は呟くように言う。

「まさか、また忍び込むつもりじゃ?」

「ええ、三人の話を聞いてみたいんです」

「新八さん。それは危険だ。あの伊谷光三郎は新八さんの尾行に気づいていたようです」

栄次郎は、磯平から聞いた居酒屋での伊谷の行動を話した。

「そういえば、小便をしに出て来た男の様子も変でした」

「ですから、十分に気をつけてください」

「わかりました」

新八は厳しい表情で答えた。

「これから、私は春蝶さんのところに行ってきます」

栄次郎が言うと、

「あっしもいったん長屋に帰り、夜になって出直します」

と、新八はいっしょに歩きだした。

明神下までやって来てから、

「では、私はこれから千駄木まで行ってきます。新八さん、十分に注意をしてください。伊谷光三郎は油断ならぬ腕前だと思いますよ」

「ええ、気をつけます」

新八と別れ、栄次郎は下谷広小路から不忍池をまわって、千駄木に向かった。

長屋に入り、春蝶と音吉の住まいに行った。鍵はかかっていない。腰高障子を開けたが、部屋の中は薄暗く、ひと気はなかった。

音吉は出かけたあとだ。やはり春蝶は帰っていなかった。

部屋には春蝶の三味線が置きっぱなしだ。片時も手放さなかった三味線を、もう三日も手にしていない。

不安が萌《きざ》した。おふみの故郷がどこかわからないが、そんな何日もかかる場所なのだろうか。

やはり、春蝶の身に何かあったのではないかと不安が募る。

四半刻（三十分）ほど待っていたが、帰って来る気配もないので、栄次郎は土間を出て、戸をしっかり閉めてから長屋の路地に出た。

と、そのとき、木戸を素早く出て行った男がいた。

惣吉だと思った。栄次郎はとっさに走りだしていた。男は谷中の寺町のほうに逃げて行った。

栄次郎は途中で諦めた。惣吉はどこかに消えてしまった。辺りは暗くなり、探すのは無理だと思った。

逃げた男は惣吉に間違いなかった。何しに、ここに来たのか。様子を探りに来たのだとしたら、春蝶の動静を知らないということだ。

春蝶が姿を消したことに惣吉は絡んでいない。そうだとすれば、春蝶の身に危険が及ぶような事態にはなっていない。そう思うと、いくぶん気が楽になった。

それでも春蝶の無事な姿を見るまでは安心出来なかった。栄次郎はいちおう辺りを歩き回ってから引き上げた。


栄次郎が本郷の屋敷に帰ると、母に呼ばれた。

母は仏間にいて、父の位牌に向かっていた。

しばらく、その場に座っていたが、母がようやく合掌の手を解いたので、

「母上。お呼びでしょうか」

と、栄次郎は声をかけた。

母はゆっくり体の向きを変え、栄次郎と向かいあった。

「最近、忙しそうですが、何をなさっているのですか」

厳しい顔で、母がきいた。

「はあ、ちょっと」

栄次郎は返答に窮した。

「まさか、危ない真似をしているわけではありますまいね」

「いえ、そのようなことではありませぬ」

あわてて、栄次郎は答える。

「なら、いいのですが」

母はそれ以上の追及はしなかった。栄次郎はほっとした。

「栄次郎、じつは、見合いの話が来ているのです」

兄に頼まれたことを思い出して、

「私が思うに、兄上はまだ義姉上の面影を追っているようです。もう少し、時間がかかるのではないかと……」

「栄次郎」

母が栄次郎の声を遮った。

「栄之進の話ではありませぬ。そなたの話です」

「私ですか。いえ、私はまだ」

栄次郎はあわてた。

「まだ、なんですか」

「はあ」

返答に窮した。

次男坊の栄次郎が日の目を見るには、よいところに養子に行くしかない。母はそう思っている。事実、そうである。

だが、栄次郎は母にはっきり言っていないが、三味線の世界で生きて行きたいと思っているのだ。そのためには、武士という身分を捨ててもいいと思っている。

　こんなことを言おうものなら、母は卒倒しかねない。だから、言いそびれているが、見合い話は迷惑なことだった。

「さる大身《たいしん》の旗本の娘御です」

　栄次郎の気持ちを無視して、母は話しだした。栄次郎はあわてて口をはさむ。

「母上。私はまだこの家にいたいのです。どうぞ、そのお話はなかったことに」

「栄次郎。いつぞやも断りましたね。そなた、ひょっとして、どこぞに好きな女子がおありか」

　母の声がやや高くなった。

「とんでもない。そんな女子など、おりませぬ」

「ならば、なぜ、このようないいお話を断るのじゃ？」

「大身と申しますと、三千石、いや五千石以上のお旗本。そのような家柄の娘はかなり気位の高い女子ではありますまいか。私とは身分が違います。いつも権柄《けんぺい》ずくでこられたら、たまりませぬ」

　栄次郎はわざと悪いところを並べ立てた。

「そのような娘ではないと聞いています。それに、身分のことでいえば、あなたは何を隠そう大御所……」

「母上」

また、栄次郎は母の言葉を遮った。

「私は矢内の父と母上の子でございます。大御所云々《うんぬん》は私のまったく与《あず》り知らぬこ

と」

と」

「栄次郎……」

母の声が潤んだ。

栄次郎にはわかっている。ふだんは我が子として接していても、母の心の中には栄次郎が大御所の子であるという意識がある。だから、自分は矢内家の子であると主張すると、感激するのだ。

母の気勢が削がれたのを見て、

「母上。父にごあいさつを」

と言い、栄次郎は仏前に向かった。

線香を上げ、手を合わせる。

「父上。私はあなたの子です。なによりの証は、あなたのお節介病が私にも引き継がれているからですよ」

栄次郎は内心で囁いた。

矢内の父も、ひとの難儀を見捨てておけない性分だった。ひとが喜ぶ顔を見て、仕合わせを感じるようなひとだった。

その性分を栄次郎は引き継いでいる。なによりの父子の証ではないか。栄次郎は本気でそう思っているのだ。

ようやく、栄次郎は仏壇の前から離れた。

「母上。もう、よろしいでしょうか」

「ええ、おやすみなさい」

母はやさしい声で言った。

気丈であり、凛とし、母としての威厳を崩さないひとだが、矢内家の子ですという栄次郎の言葉にいつも涙ぐむ。母もやはり女なのだ。

母とて、栄次郎をよそにやりたくない。さりとて、部屋住みのままでは一生うだつが上がらない。その板挟みに苦しんでいるのだ。

自分の部屋に向かうと、兄が呼んだ。

栄次郎は兄の部屋に入った。

「何の話だった？」

兄は声をひそめてきいた。

「私の婿養子の話でした」

「栄次郎の？」

「はい。てっきり、兄上の話かと思ったら、私のほうでした」

「そうか。で、どうしたんだ？」

「どうしたとは？」

「受けるのか」

「いえ。私はまだ、この家で居候をしていたいのです。兄上さえ、許していただけるのならばですが」

「ばかな。許すも許さぬもない。ここはおまえの家だ」

兄は厳めしい顔で言った。

「ありがとうございます」

「なにを他人行儀な。でも、よかった。俺の話かと思って、びくついていたのだ」

兄は真顔で言った。

「でも、兄上。いつまでも逃げ続けるわけにはまいりませんよ」

「わかっておるが……」

兄は気弱そうに答えた。

「そうそう、おしまさんにあいさつして来ました」

栄次郎は思い出して言った。

「喜んでおっただろう」

「はい。これも、兄上のおかげです」

「まあ、会いに行ったことはなにより」

兄は顔を綻ばせた。

「はい。では、私はこれで」

「もう行くのか」

兄が驚いたようにきいた。

「何か」

「いや、なんでもない」

話があるのかと思って、兄の顔を見つめたが、微かに戸惑い顔になった。

「そうだな。もう、遅い。やすんだほうがいい」

兄は呟くように言う。

「兄上。お話があるなら……」

「いや、なんでもない。さて、わしも眠ろう」

兄は立ち上がった。

栄次郎はなんとなく中途半端な気持ちで引き上げざるを得なかった。

「では、兄上。おやすみなさい」

「ああ、おやすみ」

栄次郎は兄にあいさつしてから自分の部屋に戻った。

だが、気になる。兄は確かにもっと栄次郎と話していたかったようだ。何か話があったのか。

兄は、独り暮らしを謳歌しているようだ。ひとりのほうが気が楽だからだろうが、やはり、おぎんの存在が大きいのに違いない。

だが、いつまでもひとりというわけにはいかない。矢内家の跡継ぎを作らねばならないのだ。

そのことで、何か相談でもあったのか。そう思ったとき、栄次郎の脳裏をある考えが過《よぎ》った。

まさか……。栄次郎は兄の部屋のほうに目をやった。まさか、おぎんを身請けしたいと言い出したかったのではないか。

妻にするつもりか、妾か。いや、兄に限ってそのようなことはあり得ない。相手は遊女だ。いや、だから、栄次郎に相談したかったのではないか。

おぎんを身請けしたあと、どこぞの町家の養女にし、その上で武家の養女にする。そうやって、遊女を武家の娘に仕立て上げる。

栄次郎が岩井文兵衛に頼めば、なんとかなる。そう思ってのことではないのか。

考えすぎだ。栄次郎は自分で自分の考えを否定した。兄は良識のある御方だ。そこまで、無理を押し通すとは思えない。それより、おぎんにそこまでのめり込むとは思えない。

では、いったい何が……。

その夜、栄次郎は諸々の雑念が浮かび、なかなか寝つけなかった。

三

翌朝、居合いの稽古で一汗かき、朝飯を食べ終わってから、栄次郎は自分の部屋に下がった。

兄の様子が気になり、ときおり、兄の顔を窺った。

兄はいつも以上に深刻そうな顔つきだった。もっとも、兄はいつも厳めしい顔で、無愛想な表情をしている。しかし、栄次郎の思い込みから悩んでいるように見えるだけなのかもしれない。

部屋に戻ってから、兄のことを考えていると、女中が呼びに来た。

「栄次郎さま。音吉さんというひとが参っております」

「なに、音吉さんが」

栄次郎はすぐに部屋を飛び出した。

音吉は門のほうで遠慮がちに待っていた。

「音吉さん。春蝶さんが帰って来たのですか」

栄次郎は先走ってきいた。

「いえ、まだなんです」

「まだ?」

長すぎると思い、栄次郎はまたも不安に襲われた。

春蝶が姿を消してから何日にもなる。

「ただ、春蝶さんは元気でいるようです。じつは、きのう福助《ふくすけ》という小僧が突然訪れて、元気でいるから安心するように、という春蝶さんの言伝《ことづ》てを持って来てくれたんです。二、三日中には帰るということでした」

「そうですか。で、春蝶さんはどこで何をしているんですか」

安堵しながら、栄次郎はきいた。

「水戸《みと》にいるそうです。福助って小僧の話は要領を得ないんですが、あの辺りの遊廓で、新内を語っているそうです」

「新内を……」

栄次郎は胸が締めつけられる思いがした。

春蝶はそれほど新内を語りたかったのだろうか。江戸では出来ない新内を、水戸の遊廓で語ろうとしたのか。姿を消したわけは、そういうことだったのか。

都々逸節を聞いて栄次郎も岩井文兵衛も喜んでいたが、春蝶の本意ではなかったのかもしれない。

弁天堂で手を合わせていた姿が蘇る。

「福助という小僧は春蝶さんとどのような関係なのでしょうか」

改めて、栄次郎はきいた。

「言づけをしたら、何も言わずに引き上げてしまいました。おかしな小僧です」

「ひょっとしたら、また春蝶さんのところに戻ったのかもしれませんね」

栄次郎はそうに違いないと思った。

単なる言づけを頼まれただけで江戸までやって来たとは思えない。春蝶と因縁のある小僧に違いない。

「栄次郎さん。じつは大師匠が会ってくれることになりました。きょうの夕方七つ(午後四時)頃ならいいってことですが、ご都合はいかがでしょうか」

「結構です」

「大師匠の家は下谷竜泉寺町なんです。よろしければ、あっしがご案内いたします」

「わかりました。お願いします」

「では、大音寺山門で待ち合わせということでいかがでしょうか」

「いいでしょう。音吉さん。いろいろすみません」

「とんでもない。だって、あっしの師匠のために栄次郎さんはご苦労なさっているんじゃありませんか。礼を言わなきゃならないのはあっしのほうですよ」

音吉は真剣な顔で言い、

「じゃあ、その時分、大音寺山門におりますので」

と、会釈をして引き上げて行った。

部屋に戻ってから、栄次郎は改めて春蝶のことを考えた。なぜ、水戸へ行ったのか。

これまで、春蝶から水戸の話を聞いたことはない。

その答えにすぐ察しがついた。惣吉の母親おふみの故郷ではないのか。春蝶はおふみの故郷に行ったのではないかというのは、以前から考えていたことだ。

墓参りかもしれない。しかし、そのことを惣吉は知らないのだ。だから、きのうも、惣吉は春蝶の様子を探りに来ていた。

栄次郎は屋敷を出た。湯島の切通しを通り、池之端仲町にやって来た。

春蝶はなぜおふみの故郷が水戸だと知ったのか。おそらく、おふみが働いていた料理屋できいたのであろう。

女将なら、二十年前のことも知っているだろう。

栄次郎は池之端仲町にある料理屋を一件ずつ訪ねた。料理屋はまだ死んだようにひっそりとしている。

何軒目かに訪れた料理屋の先代の女将が、栄次郎の問に答えてくれた。

「ええ、春蝶さんがやって来ました。おふみのことを訊ねていました」

先代の女将は目尻の皺が目についたが、若々しい。

「女将さんは、おふみさんがやめていったあとのことをご存じなのですね」

「ええ。おふみは父親がわからない子を身ごもりましてね。それで、故郷に帰ることになったんですよ」

「故郷はどこですか」

「水戸の磯部村です」

やはり、そうだった。

「子どもの父親は誰かわからなかったんですか」

「ええ、よほど用心してつきあっていたんでしょう」

「春蝶さんだと思いましたか」

「いえ、一時はおふみさんは春蝶さんに夢中でしたけど、そのうちに熱も収まったように思えたのです。ですから、ふたりがつきあっているとはわかりませんでした。ただ、身ごもったと知ったとき、相手は春蝶さんかときいたんですけど、曖昧に答えていました。相手は新内語りだと言ってましたが、春蝶さんの名は出していません。うちに出入りをしていたのは春蝶さんだけじゃありませんから」

女将は用心深く答えた。

「ここに、惣吉という男が訪ねて来ませんでしたか」

「いえ」

「そうですか。わかりました」

これ以上きくことはないと思い、栄次郎は引き上げることにした。

きょうは鳥越の師匠の稽古日ではないので、そのまままっすぐお秋の家に行った。

昼飯を馳走になり、稽古を済ませてから、いつもより早めにお秋の家を出た。七つ（午後四時）までに下谷竜泉寺に着かねばならない。

つけられていることには、とうに気づいていた。浪人ふうの男だ。栄次郎は北馬道から浅草寺の裏を廻った。ずっと田圃が広がり、すぐ近くに吉原の廓《くるわ》が見える。

吉原を右手に見ながら、竜泉寺町に足を向ける。相変わらず、ついて来る。三人になっていた。

その中に、伊谷光三郎がいるかどうかはわからない。いずれにしろ、伊谷の手の者であろう。

栄次郎は無視して大音寺に着いた。

山門の前に、音吉が待っていた。すぐに近づいて来て、

「ごくろうさまです。では、ご案内申し上げます」

と、音吉は先に立った。

「大師匠はどんな御方ですか」

歩きながら、栄次郎はきいた。

「体が大きく、入道のような雰囲気の御方です。少し気位が高く、気に入らないことがあると、すぐ不機嫌になるようなところがあります。ことに、うちの師匠のことを毛嫌いしていますから、不快なことを言うかもしれませんが、堪えてください」

「わかりました」

「あそこです」

二階建ての一軒家を指さした。

格子づくりの古い家で、板塀に囲まれている。

門の横に、富士松蝶丸の看板がかかっていた。音吉は門を入り、格子戸を開けた。

中に呼びかけると、内弟子らしい若い男が出て来た。

「大師匠にお会いしに来ました」

音吉は説明する。

「お待ちしておりました。さあ、どうぞ」

音吉と栄次郎が通されたのは、稽古場のようだ。縁起棚の横に大きな熊手が飾ってある。茶箪笥の上には、これも大きな『藤娘』の羽子板。壁に三味線が三棹《さお》下がっていた。

長火鉢の前に、大柄な大師匠富士松蝶丸が座っていた。音吉が言うように、入道か、あるいはやくざの親分のような凄味もある。五十前後だろうが、顔の色つやはいい。だが、これで三味線を持って新内を語れば、春蝶のように色っぽい女にも見えて来るのだろう。

「大師匠。お話いたしました矢内栄次郎さまにございます」

音吉が引き合わせる。

「矢内栄次郎です。春蝶さんとは親しくさせていただいております」

春蝶の名を聞くと、とたんに大師匠の顔は不快そうに曇った。

「富士松蝶丸です。あなたさまのことは春蝶から伺っています。何か、私に話があるとのことですが」

大師匠は上目づかいに見た。

「師匠は惣吉という男をご存じでいらっしゃいますか」

「いや」

大師匠の大きな目が微かに泳いだ。

「二十年ほど前、池之端仲町にあった料理屋で女中をしていたおふみとの間に出来た春蝶さんの子だということです」

「あの男はさんざん浮名を流していたからな」

大師匠は片頬を歪めた。

「その惣吉は春蝶さんの命を狙っているのです。母と自分を捨てた男への復讐だそうです。私は、なんとか惣吉の早まった考えを改めさせたいのです」

「矢内さん。聞いていると、私には関係のないお話のようだ。残念ながら、私は惣吉なる男を知らない」

「師匠。今、春蝶さんは水戸に行っているようです」

「水戸だと」

大師匠の大きな目がさらに見開いた。

「なぜ、水戸へ行ったんだ?」

「水戸領の磯部村が、おふみという女の故郷だそうです。春蝶さんはおふみさんへの負い目から墓参りに行ったんだと思います」

大師匠は深刻そうな顔で黙りこくった。

「師匠は、なぜ春蝶さんの破門を解いたのですか」

栄次郎は矢継ぎ早にきく。

「音吉と佐太夫から懇願され、情にほだされたのだ。だが、帰って来た春蝶はどこも変わっちゃいない。芸も下品になっていた。これじゃ、蝶丸門下としては受け入れがたい。そう思ったから、涙を呑んで破門にしたのだ」

大師匠の説明は説得力に欠けた。春蝶の芸のどこが下品なのか。

そのことを訊ねると、大師匠は眉根を寄せて口を開いた。

「強引に聞き手の心を揺さぶろうとする語りだ。わざと、感情を刺激しようとする大《おお》仰《ぎょう》な節廻しはいただけない。だから、そんな芸を捨てろと言った。だが、これがあっしの新内だと言い張るので、それなら一門に置いてはおけない。だから、破門にしたのだ」

「春蝶さんの芸が下品だとは思いませんが」

栄次郎は反発した。

「下品だ。あれでは新内そのものが下品だと思われかねない。だから、新内を語ることを禁じたのだ」

大師匠は言い切った。

「春蝶さんの破門を解いていただくわけにはいきませんか」

栄次郎は頼んだ。

「これは、外の御方にとやかく言われるものではない」

大師匠は冷淡に言い放った。

「では、富士松の名は捨てても、新内を語る場は奪わないでいただけませぬか。春蝶さんの芸が下品かどうか、客が決めるものではありませぬか」

栄次郎はなんとか春蝶の活動の場を認めてもらいたいと思ったのだ。

「矢内さま。あなたさまにとやかく言われる筋のものではありませぬ。私を御贔屓《ひいき》くださるお客さまの中には、御老中と親しいお旗本がおられます。矢内さまがこれ以上、春蝶のことでとやかく言われるのであれば、その御方にお願いして、矢内さまの横車を抑えていただかなければなりませぬ。それでもよろしゅうございますか」

栄次郎は啞然として大師匠の老獪な顔を見た。その顔つきは芸人のものではない。博徒の親分のような凄味があった。

「私が横車を押していますか」

「そうじゃありませんか」

「しかし、なぜ、そのような御方を出してまで押さえ込もうとするのです？」

栄次郎は動じることなくきく。

「あなたさまが、お侍の立場から強圧的に出てこられたからです」

「なるほど」

大師匠は、何事にも自分の都合のよいように解釈し、正当化して物事を押し進めるようだ。

「わかりました。それでは、春蝶さんの破門のことはさておき、もう一度、惣吉のことでお訊ねします」

栄次郎は相手の目をじっと見つめ、

「惣吉はあなたを訪ねて来ませんでしたか」

と、迫るようにきいた。

「そんな男は知らぬ」

「あなたは、惣吉が訪ねて来たあとになって、破門を解いて春蝶さんを江戸に舞い戻らせようとしたのではないのですか」

栄次郎ははっきり疑問を口にした。

「ば、ばかな。何を証拠にそのようなことを言うのだ」

弛《ゆる》んだ頬を震わせ、大師匠は怒りを露《あらわ》にした。

なぜ、そのように怒りを滲ませたのか。栄次郎はかえって、このことに間違いないという手応えを得た。

「惣吉から聞けばわかることです。失礼しました」

「待て。いいか。きっと、おまえを懲らしめてやる」

大師匠は声を震わせた。

「威《おど》しですか。さっきのえらい御方に頼むなら、どうぞ、そのようにしてください。私は部屋住みの矢内栄次郎です。本郷に屋敷があります」

そう言い、栄次郎は大師匠の家を辞去した。

外に出ると、音吉があわてて追って来た。

「栄次郎さん。だいじょうぶですか」

音吉が不安そうにきいた。

「何がですか」

「大師匠はほんとうにやりかねませんよ。たぶん、横尾忠右衛門《よこおちゅうえもん》さまに訴えるつもりかもしれません」

「横尾忠右衛門どのとは?」

「書院番のお旗本でございます」

書院番は城内の警護をし、将軍が外出する際には駕籠の前後を護衛するなど、将軍に近い場所で任務を遂行する。重代の旗本から専任されるという重要な役職だ。

「横尾さまは、ときたま大師匠を座敷にお招きになり、たいそう贔屓なさっているということでございます。御老中とも親しいとか」

「そうですか」

栄次郎が意に介さなかったので、音吉は目を丸くした。

「栄次郎さん。差し障りはないのですか」

「音吉さん。心配いりませぬ」

栄次郎は答えたあとで、

「どうもあの大師匠は、春蝶さんとは反《そ》りが合わないようですね。それが、芸の上だけのことなのか」

ふと、思いついて、栄次郎は音吉に訊ねた。

「大師匠の新内はどうなんですか」

「そりゃ、名人と言われるだけのことはあります」

音吉は言下《げんか》に言う。

「春蝶さんと比べたら？」

「へえ……」

音吉は答えにくそうにうつむいた。

「音吉さん。誰も聞いていません。教えてください」

「へえ」

やっと、音吉は顔を上げた。

「うちの師匠のほうが聞く者の情に訴えます。技巧的には大師匠のほうが一枚上でしょう。でも、語るものがどっちが心に迫るかと言われれば、断然うちの師匠です。師匠の新内のほうがはるかに面白い。そのぶん、下品だと言うのでしょうが……。確かに、大師匠の新内は上品かもしれません。ですが、大師匠の根底にある卑しさがすけて見えるんです。その点、うちの師匠の声には生きざまがある」

音吉は熱く語ったあとで、

「人間的にはどっちが下劣だか……」

と、付け加えた。

「わかるような気がします」

栄次郎は呟くように言った。

「うちの師匠は新たに流派を立ててやればいいんです。でも、大師匠は許さないでしょう。どんな汚い手を使ってでも、潰しにかかると思います。もっとも、うちの師匠は、家元などになってふんぞりかえっているようなひとじゃありません。そういう処世は苦手で、出来ませんよ」

音吉は苦笑した。

「音吉さん。春蝶さんが富士松門下に戻るのはもう無理でしょう。でも、新内を語れる場を取り戻すことは不可能ではありません。なんとか、やってみます」

「栄次郎さん。このとおりです。どうか、よろしくお願いいたします」

音吉は深々と腰を折った。

大師匠のもとにあいさつに戻った音吉と別れ、栄次郎は西陽を正面から受けながら下谷のほうに向かって歩きだした。

大師匠が栄次郎と会う気になったわけは、御老中と親しい旗本の威を借りて、威すためだったようだ。

「人間的にはどっちが下劣だか……」

音吉の言葉が蘇る。

いくらも歩かないうちに、栄次郎は背後を気にした。

まだ、ついて来る。大師匠の家から出て来るのを待っていたようだ。相手は本気だと思った。箕輪《みのわ》から下谷坂本町に至る通りに出た。

陽が沈んだ。残照が西の空を微かに明るくしている。が、それもやがて消え、辺りに夕闇が訪れた。

栄次郎はわざと入谷のほうに折れた。しばらく行くと、雑木林が出て来た。栄次郎は尾行者をそこに誘い込んだ。

雑木林が切れると、野原に出た。その向こうは田圃で、さらにかなたに浅草寺の大伽藍が闇に浮かび上がっている。

栄次郎は足を止め、振り返った。

追ってきた三人も立ち止まった。いつの間にか、手拭いで面体《めんてい》を隠していた。

三人はつかつかと近づいて来た。

「伊谷光三郎どののお仲間か」

栄次郎が言うと、いきなり真ん中にいた中肉中背の侍が抜き打ちに襲って来た。栄次郎は素早く腰を落とし、鯉口を切った。相手が上段から斬り下ろしてきたのを踏み込みながら抜刀した。

栄次郎はすれ違ってから態勢を整えた。すでに栄次郎の刀は鞘に納まっていた。

腹部を抑えてうずくまり、中肉中背の武士は呻《うめ》いている。栄次郎は刀の峰で、相手の胴を叩いたのだ。

間髪《かんはつ》を入れず、背後から別の侍が剣を振り下ろした。栄次郎は振り向きざまに抜刀し、相手の剣を弾いた。

あっと叫んで、相手は立ちすくんだ。飛ばされた刀は木の根っ子に突き刺さっていた。栄次郎の刀は鞘の中に戻っていた。

栄次郎は三人目の侍と向き合った。相手は正眼《せいがん》に構えた。栄次郎は両手を下げた格好で、立ち向かう。

じりじり間合いを詰めてきた。斬り合いの間に入った。相手は気合を込めて斬りつけてきた。

栄次郎は腰を落とし、刀の柄に手をかけた。勝負は一瞬にしてついた。相手は剣を落とし、利き腕を抑えて顔をしかめていた。

栄次郎はその男に迫った。他のふたりは逃げだした。

「お手前は飯田剛十郎道場の門下か」

男は後ずさった。

「動くな」

栄次郎は左手で刀の鯉口を切った。

「動けば斬る。今度は手加減せぬ」

「待て」

相手が手のひらを差し出した。

「金で頼まれただけだ。飯田剛十郎道場とは関係ない」

相手の声は震えている。

「誰に頼まれた？」

「それは……」

「言わねば、二度と刀を使えぬようにするまで。利き腕を斬り落とす」

栄次郎は脅した。

「言わぬか」

「そればかりは……」

相手は情けない声を出した。

「もういいでしょう。行きなさい」

栄次郎は見逃した。

いきなり、男は刀を拾って逃げだした。

飯田剛十郎道場とは関係ないと言っていたが、それは嘘であろう。しかし、追い詰めると、あの三人の立つ瀬がなくなる。

大きくため息をつき、栄次郎は道を戻った。

山下から下谷広小路に出て、湯島切通しに向かったが、ふと新八のことを思い出し、途中で足を明神下に向けた。

この時間、新八が長屋にいる可能性は少ないと思ったが、ともかく顔を出してみることにした。

長屋に入って行ったが、案の定、家の中は真っ暗だった。

栄次郎は諦めて引き上げようとしたとき、木戸口で新八とばったり会った。

「栄次郎さん」

新八は笑みを浮かべた。

「よかった。じつは夕方、お秋さんの家に行ったら、出かけたあとでした。帰り、一膳飯屋で夕飯をとって今帰ってきたところです」

「そうでしたか」

「戻りませんか」

「ええ」

栄次郎は新八といっしょに住まいに戻った。

新八は行燈に灯を入れた。

「さあ、どうぞ」

栄次郎は部屋に上がる。

隣りとの壁が薄いので、小声になった。

「きょうは春蝶さんの件で、大師匠に会いに行ったのですが、お秋さんの家からずっとつけてきた三人連れの侍がいました。帰り、三人が襲って来ました」

栄次郎は襲撃された話をした。

「さっそくですか。伊谷光三郎が手をまわしたんでしょうね」

新八が呆れたように言う。

「本人は白状しませんでしたが、間違いないでしょう」

栄次郎は三人とも飯田剛十郎道場の者に違いないと付け加えた。

「新八さん、いかがでしたか」

加納屋宗兵衛の妾のお絹の家に忍び込むと言っていたのだ。伊谷光三郎がすでに家に入り込んでいたので、首尾が気になっていた。

「それが、伊谷光三郎は先に引き上げてしまったんですよ」

「先に引き上げた?」

「ええ。夕方に引き上げて行きました」

「加納屋を待たずに引き上げたのですか」

栄次郎は伊谷の行動が理解出来なかった。

「そうです。それで、伊谷のあとをつけたのですが、まっすぐに道場に帰りました」

「帰った？　では、宗兵衛に会いに行ったのではなく、妾の家に行くことが目的だったということでしょうか」

　栄次郎は不思議に思った。

「加納屋への言づけをしただけなのかもしれませんが、それにしては一刻（二時間）近くいましたからね」

「妙ですね」

「それで、もう一度戻って、お絹の家の天井裏に忍んだんです。伊谷の言づけがあれば、その内容を知りたいと思ったからですが、あの夜は宗兵衛は来ませんでした」

「来なかった？」

「ええ。それで、思い出したんですが、この前、お絹の家の天井裏に潜んだとき、お絹が兄さんがという言葉を何回か口にしたんです。そんときは気づかなかったんですが、伊谷光三郎はお絹の兄なんじゃないでしょうか」

「なるほど。兄妹で、加納屋宗兵衛とつるんでいるというわけですね」

「そうだと思います。それなら、宗兵衛がいない間に、伊谷がお絹のところに出入りすることも頷けます」

　新八の言うとおりかもしれない。

「兄妹であのようなことを……」

兄妹で非道に走ることに、栄次郎はなんともやりきれない気持ちになった。だが、兄妹だとすると、結束は固いだろう。

「ますます、疑いは濃くなっていくのに、心中を覆す証拠が見つかりませんね」

栄次郎は吐息を漏らした。

いったん、心中として処理された件を蒸し返すには、よほどの証拠がないと無理だ。こうなると、友吉を誘き出したえらの張った男が殺されたことが痛い。

加納屋宗兵衛と伊谷光三郎、お絹の三人がそう簡単に尻尾を出すとは思えない。三人は一蓮托生の関係にある。唯一の部外者はえらの張った顔の男だったのだ。

仮に、えらの張った顔の男を殺したのが伊谷光三郎だとわかったとしても、伊谷は斬った理由を心中事件とは無関係なことにするはずだ。

栄次郎がそのことを言うと、新八も表情を曇らせた。

「そのとおりですね」

「加納屋に直接会って、こっちの推測を述べて、動揺を誘うということも考えなければならないかもしれませんね」

栄次郎は思いつきを口にした。

　加納屋宗兵衛はどんな人間かわからないが、真相を知っている人間がいるとわかったら、あわてるのではないか。そのことで、何かぼろを出すかもしれない。それを期待するしか、残された道はないのかもしれない。

　お秋の家で見かけたおひさという内儀のことを考えると胸が引き裂かれそうになる。このままでは、浮かばれまい。

　必ず、敵《かたき》を討ってやる。栄次郎は改めて誓った。

## 四

　二日後の昼下がり、栄次郎は小石川片町の寺で岩井文兵衛と会った。

　きのう使いが来て、突然の呼び出しであった。

「お久しぶりでございます」

　栄次郎は文兵衛の固い表情を不審に思いながら辞儀をした。

「急に呼び立ててすまなかった」

　文兵衛が珍しく落ち着きをなくしているように思える。

　栄次郎はとっさに、春蝶絡みのことだと察した。大師匠の富士松蝶丸が旗本の横尾忠右衛門に訴えたのだろう。

だが、それにしては文兵衛の耳に入るのが早すぎるようだ。

「御前、何でしょうか」

栄次郎は話を催促した。

「じつは、富士松蝶丸という新内語りのことだ」

果たして、文兵衛はその名を出した。

「横尾忠右衛門さまですか」

栄次郎が言うと、文兵衛は目を細めて栄次郎を見た。

「よく、わかりましたな」

「先日、富士松蝶丸に会ったら、えらく激怒され、御老中と親しい旗本に訴え、私を懲らしめやると息巻いておりました」

「なるほど」

文兵衛は苦い顔で頷いた。

「それにしても、御前の耳に入るのが、ずいぶん早いようですが」

そのことは不思議だった。

「じつは、横尾忠右衛門とは親しい間柄でな。ときたま、いっしょに酒を酌み交わす間柄だ。自分ではやらないが、新内が好きな男だ」

「さようでございましたか。なんでも、蝶丸師匠を贔屓にしているとか」

「うむ。酒席にはよく蝶丸を呼んでいるようだ」

「では、御前も蝶丸師匠の新内を聞いたことがおありなのですね」

「何度かな」

　文兵衛は厳しい顔で続けた。

「さすが、富士松流を束ねる男だけあって、うまい。名人かもしれぬ。だが」

　と、文兵衛は首を横に振ってから、

「だが、うまさの底に卑しさがある。一見、上品な声でありながらところどころに計算高い、ひとを小馬鹿にしたような節廻しになる」

　音吉と同じように見ている。

「春蝶のを聞いたあとでは、はっきり違いがわかる。春蝶の語りには生きざまがある。だが、蝶丸は技巧に走っているだけだ。もっとも、ひとによって好き好きだろうが」

「春蝶の弟子の音吉さんも同じようなことを言ってました」

　栄次郎は応じる。

「それは余談であるが、きのう横尾どのに会った。そしたら、いきなり、矢内栄次郎をご存じかときいてきたのだ」

「そうでしたか」

「横尾どのが言うには、矢内栄次郎は破門した春蝶のことで威しをかけてきた。なんとか制裁してくれと、蝶丸から訴えられたという」

「…………」

「じつは、横尾どのには、栄次郎どのの話をしてあるので、わしに言いつけたというわけだ」

「さようでございますか」

なぜ、大師匠の蝶丸はそこまで怒ったのだろうか。

最初は単なる威しかと思っていたが、ほんとうに横尾忠右衛門に訴えたようだ。

だが、横尾忠右衛門が岩井文兵衛と親しい間柄であったことは、蝶丸の知るところではなかった。栄次郎も知らないことだった。

もっとも、横尾忠右衛門が新内が好きだということなら、文兵衛とのつながりを推し量れるはずだったが……。

「栄次郎どの。蝶丸は、なぜそれほど栄次郎どのに怒りを持っているのかな。まさか、春蝶の破門の件だけではあるまい」

文兵衛が不審顔できいた。

「御前には話しておりませぬが、春蝶さんは我が子に命を狙われました」

「我が子だと？　穏やかではない話だな。それより、春蝶に子どもがいたのか」

「はい。二十年前、池之端仲町にある料理屋で女中をしていたおふみが春蝶さんの子を産んでいたそうです。惣吉といいます。惣吉は母と自分を紙屑のように捨てた春蝶さんを恨んで命を付け狙っているのです」

「なるほど。春蝶ならあり得る話だな」

文兵衛は真顔で答えた。

「問題は、どうして春蝶さんが江戸に帰ったことを知ったのかです。それより、どうして蝶丸師匠は春蝶さんの破門を解いたのか」

「…………」

「破門が解けたということで、春蝶さんは江戸に戻ったのです。すると、それと日を置かずに、惣吉が春蝶さんを襲いました。惣吉はどうやって、春蝶さんが江戸に帰ったことを知ったのか」

「蝶丸か」

「はい。惣吉は蝶丸師匠を訪ねたのでしょう。惣吉の事情を知った蝶丸師匠は春蝶を江戸に帰し、惣吉の手で亡き者にしようと考えたのではないか。そのことを確かめるために、蝶丸師匠に会いました。一切を否定しましたが」

栄次郎はこれまでの経緯を話した。

「なるほど」

「今、春蝶さんは水戸領の磯部村に行っております。そこが、おふみの故郷のようです。じつは、福助という小僧が春蝶さんの言伝てを持って来ました。春蝶さんは向こうで新内を語っているそうです」

「春蝶は墓参りをしたかったのか」

「そうかもしれません。ただ、盛り場で新内を語っていることがひっかかります。春蝶さんはほんとうは新内を語りたいのではないでしょうか」

「そうであろうな。あの新内を封じ込めてしまうのはもったいないな。それはともかく、惣吉という男の件は穏やかではない」

「はい。惣吉に会い、春蝶さんを狙うのをやめるように説得したいのですが、居場所はわかりませぬ。蝶丸師匠なら、惣吉の住まいを知っているはずですが……」

てんから、惣吉など知らないという態度だった。

「おおよその事情はわかった」

文兵衛は頷いた。

「御前。横尾忠右衛門どのは、私をどうなさるおつもりなのでしょうか」

「いや、何も出来やしない。ただ、栄次郎どのに謝らねばならぬのは、栄次郎どのの素性を打ち明けてしまったことです。しかし、横尾忠右衛門は決して他人に口外するような人間ではない」

来たときから文兵衛の表情が固かったのは、そのことを気にしていたからのようだ。

「そのようなことはお気になさらず結構でございます。私はあくまでも矢内栄次郎だということを納得していただけたら、それで十分です」

「それを伺って、やっと安堵した」

文兵衛の表情がようやくやわらかくなった。

「そこで、お願いがある」

「なんでございましょうか」

「一度、横尾どのに春蝶の新内と都々逸を聞かせたい」

「はい、結構ですね」

蝶丸の新内を贔屓にしている横尾忠右衛門に、ぜひ春蝶の新内を聞いてもらいたいと、栄次郎も思ったのだ。

「しかし、惣吉の件が片づかぬと、春蝶も落ち着かぬな」

「はい。なんとか、惣吉を見つけ出し、春蝶さんとじっくり話し合いをさせるつもりです。春蝶さんも、そろそろ帰るようですから」

「そうか。よし、片がついたら知らせてもらいたい」

「はい」

その後、母や兄の話をしてから、

「そろそろ、引き上げるとするか」

と、文兵衛が腰を浮かせた。

「はい」

栄次郎も立ち上がった。

文兵衛の駕籠を見送ってから、栄次郎は山門を出た。


夕方に、お秋の家に行くと、磯平親分が上がり框に腰を下ろして待っていた。

栄次郎が顔を出すと、磯平はすぐ煙管をしまった。

「親分。待っていてくれたのですか」

栄次郎はすまなそうに言う。

「へい」

栄次郎はお秋が困惑した顔をしているのを見て、

「ここでは話しづらいですね。外に出ましょうか」

と、磯平を連れ出した。

大川の辺《ほとり》に出てから、磯平が口を開いた。

「殺された男の身許がわかりました。金造《きんぞう》という名で、下谷山伏町に住んでいる男でした。紙屑買いや破れ傘を買って歩く古傘買いなどをしていたようです。博打好きで、何日も家を留守にすることが多いので、長屋の住人は姿が見えなくても気にしていなかったようです」

「そうですか。で、加納屋、あるいは伊谷光三郎とのつながりはわかりましたか」

「いえ、それがまだなんです。紙屑買いで、加納屋にも商売で立ち寄った可能性もあるので調べたのですが、加納屋の奉公人は知らないということです」

「そうですか」

「ひょっとして、伊谷光三郎とのつながりかもしれませんね。じつは、加納屋の妾のお絹と伊谷光三郎は兄妹かもしれないのです」

「兄妹ですか」

新八も同じことを言っていた。

「お絹が加納屋に囲われる前は、ふたりでどこかの長屋に住んでいたのではないでしようか。その長屋に、金造が商売で訪れていた」

「なるほど。そこでつながりが出来たのかもしれませんね」

「あるいは、賭場《とば》で知り合ったか」

「わかりました。その線で、探してみます」

そう言ったあとで、

「でも、矢内さま」

と、磯平は気弱そうな顔になった。

「あの心中を覆すにはよほどの証拠がないとだめです。今から、蒸し返すほどの証拠が見つかるでしょうか」

「磯平親分らしくありませんね」

栄次郎はあえて力づけるように続けた。

「親分の気持ちもわかります。でも、殺された『加納屋』の内儀さんの無念を晴らしてあげられるのは我々しかいないんです。内儀さんの両親が築いた店を、赤の他人に乗っ取られてしまう。そんなことになったら、無念の死をとげた内儀さんや友吉さんは成仏出来ませんよ」

「矢内さま。こいつは、あっしが悪うございました。おっしゃるとおりです。必ず、内儀さんの無念を晴らします」

再び、磯平は闘志を燃やした。


翌日、鳥越の師匠に稽古をつけてもらった。

春蝶のことや心中事件のことが頭の中を占めていたが、いざ、三味線を構え、稽古に入ると、栄次郎の体と三味線が一体となって音を出していた。

「なかなか結構です」

滅多に褒めない師匠の言葉を聞いたが、栄次郎はぐったりした。

控えの間に戻ると、おゆうが来ていた。

「栄次郎さん。すばらしかったわ」

おゆうがにっこり笑う。

「いや、まだまだです」

栄次郎はまだ自分の音に納得がいかなかった。技巧は上達したかもしれないが、何かが足りないようだ。

それが何かわからない。

「おゆうさん。これから行かなくてはならないところがあるんです。待てなくて申し訳ないけど」

栄次郎はおゆうに謝った。

「そうなんですか」

おゆうは寂しそうな顔をした。

「今度は時間をとります」

「ほんとうですよ」

おゆうは身を乗り出して言う。

「そうそう、今年も神田祭りにはごいっしょしてくださいね」

神田祭りは九月に行なわれている。

「わかりました」

「はい」

おゆうは小指を差し出した。

おゆうに固い約束をさせられてから、栄次郎は師匠の家を出た。

いつもなら蔵前通りに出て、浅草黒船町のお秋の家に向かうのだが、武家地を抜けて金造の住んでいた下谷山伏町に向かうのだ。

稲荷町を突っ切り、寺の密集する地を抜けると、下谷山伏町に出た。

その長屋は棟割長屋で、陽が射さないじめじめした場所だった。栄次郎は、共同井戸の近くで、桶に腰を下ろして煙草を燻《くゆ》らせている年寄りに声をかけた。

「金造さんの住まいはどちらですか」

「一番奥だ。金造は死んだそうだ」

煙管を口から放し、黄色い歯茎を剝き出しにして、年寄りが言う。

「なぜ、死んだか知っていますか」

「岡っ引きの話だと、殺されたそうだ」

年寄りは目を細めて言う。

「何か、危ない仕事でもしていたんでしょうか」

「いなくなる前まで、かなり金を持っていたみたいだ。危ないことをしていたんだろうよ。俺たちにゃ関係ないがね」

「金造さんと親しいひとって誰です？」

「あまり、ひとと交わらなかったからな」

「あなたは、金造さんとはよくお話をしたんですか」

「まあ、隣り同士だからな」

「金造さんのところにお侍が訪ねて来たことはありますか」

警戒されないように、栄次郎はさりげない口調できく。

「いや。侍なんか来ない」

「他に、誰か訪ねて来たのですね」

「背のすらりとした町人が何度かやって来た」

「どんな男ですか」

「眉が濃く、きりりとした感じの男だ」

伊谷光三郎に違いない。

「金造さんは紙屑買いや古傘買いなどをしていたようですね」

「そうだ」

「どの辺りを流していたかわかりますか」

「さあな。浅草から下谷、ときには本郷や深川にも足を伸ばしていたようだ」

さらに、幾つかきいたが、手掛かりになるような話は聞けなかった。

栄次郎は長屋を出た。

稲荷町に出たところで、岡っ引きの磯平とばったり会った。

「今、金造の住んでいた長屋に行って来ました」

「どうでしたか」

「いえ、何も。ただ、眉が濃く、きりりとした感じの男が、ときたま金造を訪ねて来たそうです。町人だそうですが、その男が伊谷光三郎ではないかと思いました」

「なるほど」

「ただ、どこでふたりが知り合ったのか、それがわかればいいんですが」

栄次郎は歯がゆそうに言う。

「紙屑買いの仲間を当たっています。ふつう、紙屑買いはふたりで流すらしいんですが、金造はいつもひとりだったようです。ほかの縄張りまで平気で流していて、かなり仲間からは嫌われています」

「そうですか」

「でも、金造と同じ縄張りで商売をしている紙屑買いから、ちょっと気になる話を聞きました」

「ほう、なんですか」

「金造は半年前まで、神田三河町のほうをよくまわっていたようです。なんでも、あっちに、いい女がいるからと言っていたそうです。ところが、今はそっちに行かなくなったってことです」

「半年前？　加納屋が妾を囲いだしたのも、その時分です」

「ひょっとして」

「ええ。親分。三河町を当たってみてくれますか」

「わかりやした」

磯平は手下とともに神田三河町に向かった。

伊谷光三郎とお絹の兄妹が住んでいたのが三河町かもしれない。金造がいい女と言ったのは、お絹のことではないか。

三河町であれば、本町の『加納屋』にも近い。

加納屋宗兵衛とお絹がどうやって出会ったのか。お絹は足袋を買い求めに来た客だったのかもしれない。

たまたま応対に出た宗兵衛はお絹に一目惚れした……。そんな想像を働かせた。

まだ、日没には時間がある。新八は留守の可能性があり、栄次郎は黒船町に向かった。

お秋の家に入ると、お秋が飛んで来て、

「遅かったんですね」

と、詰るように言う。

「すみません」

つい、栄次郎は謝った。

梯子段の前で、お秋が言った。

「ごめんなさい。今、お客さんが入っているの」

逢引き客だ。

「わかりました」

梯子段を上がり、二階の小部屋に入る。

客がいる間は、三味線を弾くのは控えなければならない。刀掛けに刀をかけ、栄次郎は窓辺に寄った。すっかり、秋の色が濃くなっている。

思えば、この窓から、伊谷光三郎とおひさを見たのだ。伊谷光三郎は町人に化けておひさに近づき、深い関係になった。

その頃は、夫婦仲は悪く、そんな心の隙間に伊谷が甘い言葉で付け入ったのであろう。おひさは騙されているとも知らずに、伊谷にのめり込んでいったのだ。

あげく、手代との不義密通の末に心中という汚名を着せられ、死んでも死に切れないだろう。

お秋が茶を持って入って来た。

「栄次郎さん、どうぞ」

「すみません」

栄次郎は窓辺から離れた。

「その後、例の心中の件はどうなったんですか」

「まだ、進展はありませぬ」

「うちに何度か来たひとだと思うと、なんだかひとごとではないような気がして」

「そうですね」

栄次郎は湯呑みをつかんだ。

廊下から女中がお秋を呼んだ。

「女将さん」

「ごめんなさい」

お秋が部屋を出て行った。

ふいに心中事件のことから春蝶のことに思いが向かった。

そろそろ、春蝶が帰って来る頃だ。水戸のほうで、存分に新内を語って来たのだろう。江戸を離れれば、大師匠の威光も届かない。

それにしても、惣吉はどこにいるのか。春蝶が帰ってくれば、また襲うのだろうか。部屋の中が薄暗くなった。女中が行燈に灯を入れて引き上げた。春蝶に会いたい。また、春蝶の声を聞きたい。そんな思いが込み上げて来た。

夕飯を済ませてから、栄次郎はお秋の家を出た。月がすでに高く上っていた。また、つけられていることに気づいた。だが、あるかないかの気配だ。かなり、腕の立つ者に違いない。

これだけの技量があるのは、伊谷光三郎ではないかと思った。

新堀川を越え、浅草阿部川町を過ぎる。尾行者はまだついて来る。

左手に大名屋敷の長い塀が続き、右手は寺が並んでいる。ひと気のない寂しい道だ。風の音しか聞こえない。

だが、突然、地を擦る足音が迫って来た。同じ調子で歩きながら、栄次郎は左手で刀の鯉口を切った。

殺気が栄次郎の全身を包んだ。空気が揺れた。栄次郎は腰を落として振り向いた。そのときには剣を抜き、上段から襲いかかった剣を弾いた。

相手は素早く態勢を立て直し、剣を栄次郎の胴を目掛けて薙いだ。栄次郎は納刀する暇はなく、白刃を構えたまま後ろに飛び退いた。

さらに、相手は突きで襲いかかった。栄次郎は下からすくい上げるようにして相手の剣を弾いた。

が、すぐに上段に構えて踏み込んで来た。栄次郎も踏み込む。剣と剣とがぶつかりあった。

鍔迫《つばぜ》り合いになった。相手の顔が近づいた。黒い布で頬被りをしているが、伊谷光三郎であることは体つきでもわかった。

「伊谷どのだな」

栄次郎が問うや否や、相手はいきなり栄次郎の剣を押してから剣を引き、一目散に逃げだした。

伊谷の去った方角を見やりながら、伊谷光三郎は焦っているのだと思った。

# 第四章　乗っ取り

## 一

　二日後の朝、春蝶が帰ったと音吉が本郷の屋敷に知らせに来た。

　栄次郎は音吉とともに、加賀前田家の上屋敷のぐるりをまわって千駄木に急いだ。

　道々の音吉の話では、ゆうべ春蝶は福助という小僧とともに帰り着いたということだった。

「福助とはどういう関係なのでしょうか」

　栄次郎は訝しく思ってきいた。

　先日、福助が春蝶の様子を知らせに音吉のもとを訪れている。まさか、春蝶の隠し子ではとも思ったが、十歳ぐらいだとすると、どうも違うように思える。

「師匠からまだ聞いてません」

春蝶は水戸の盛り場で新内を語っていたらしい。そのことも気になった。それほど、新内を語りたかったのか。

やっと、長屋に帰り着くと、狭い部屋で春蝶と十歳ぐらいの小僧が向かい合っていた。小僧は色白で目鼻だちがはっきりしていた。

「春蝶さん」

栄次郎は土間に立って声をかけた。

「栄次郎さん。このたびは勝手して申し訳ありませんでした。このとおりです」

春蝶が居住まいを正して腰を深々と折って低頭した。

「心配しました。でも、無事でなによりです」

栄次郎はようやく、ざわついていた心が落ち着いた。

そばにいる小僧を気にしながら、

「水戸に行っていたそうですね」

と、栄次郎はきく。

「はい。水戸の磯部村は、おふみの故郷です。そこで、おふみは惣吉を産み、いっしょに暮らしていたそうです」

「おふみさんの墓参りが目的だったのですか」

栄次郎はきいた。

「いえ、それだけじゃありません」

春蝶は目をしばたたかせて、

「あっしはおふみと何度かつきあったことがございます。でも、あっしの子を産んだなんて聞いてませんでした。それで、そのことを確かめたかったんです」

と、強い口調で言った。

「確かめる？」

意外な言葉だった。

「はい。あっしもいい加減な生き方をしてきましたが、子どもがいたとなると穏やかじゃありません。でも、あっしには、惣吉のことでぴんと来るものがなかったんです」

「で、わかったのですか」

「わかりました。惣吉を取り上げた取り上げ婆に会うことが出来て、話を聞きました。やっと思い出してくれました。父親の名はあっしじゃなかった」

「春蝶さんじゃなかったんですか」

「新内語りだということをおふみは口にしたそうです。取り上げ婆が聞いた名前は蝶の字がついたと。あいにくなことに、ちゃんとした名前は忘れ、蝶がつくことだけを覚えていたそうです。おふみが死んだあと、惣吉は自分の父親は蝶の名を持つ新内語りだと周囲から聞いたんだと思います。名に蝶がつく芸人はたくさんいますから」

「しかし、それだけで、春蝶さんではないとどうして言えるんですか」

おふみは春蝶という名を出した可能性もある。

「じつは、その頃、あっしは春蝶って名前じゃなかったんです」

「えっ？」

「まだ、名取じゃなく、春吉《しゅんきち》っていう名でした」

あっと、栄次郎は思った。

「春蝶の名をもらったのは、おふみと別れたあとです。ですから、おふみはあっしのことを春吉さんと呼んでおりました」

「じゃあ、惣吉の父親は……」

「さっきも言いましたが、蝶の名のつく新内語りは何人もいますし、おふみが働いていた料理屋にも何人も出入りをしていました。ただ……」

「ただ？」

「取り上げ婆に、おふみが口にした名は蝶丸ではないか、と確かめたところ、そうだと思い出してくれました」

「なんですって。蝶丸師匠が惣吉の実の父親だというのですか」

栄次郎は覚えずきき返した。

「はい。間違いありません」

「このことを、惣吉に知らせなければなりませんね」

音吉が口をはさんだ。

「ええ、音吉さん。春蝶さんが江戸に帰ったことを、大師匠に告げていただけますか。そしたら、惣吉がまた動くでしょう」

栄次郎は頼んだ。

「わかりました」

今にも大師匠のもとに飛んで行くような勢いで、音吉は請け合った。

「それにしても、帰りが遅いので心配しました」

栄次郎は肝心なことに触れようとした。

「じつは、向こうの遊里で、少し商売をさせてもらって来たんです」

「新内を語ったそうですね」

「はい。ちょっと稼ごうと思いまして。向こうで知り合った芸者から三味線を借りました」

それほど新内を語りたかったのかと、栄次郎は訊ねたかった。

「稼いだ金はお寺さんに預けてきました」

「お寺？　おふみさんのお墓があるお寺ですか」

「そうです。卒塔婆《そとば》を上げて、供養をお願いしてきました。ほとんど身内がいないので、墓を守る者もいません」

「そうだったのですか」

「でも、新内だけじゃありません。都々逸節をやらせていただきました。おおいに受けました」

春蝶はうれしそうに言った。

「春蝶さん。そのひとは？」

栄次郎は春蝶の横にいる小僧に顔を向けた。

「あっ、そうでした。お引き合わせが遅れました」

春蝶は、今思い出したように、小僧に前に出るように言い、

「福助と言います。このたび、あっしの内弟子になりました。歳は十歳」

と、あっさり言った。

「ほれ、あいさつしないか」

春蝶が言うと、福助は深々と頭を下げた。

「福助と申します。よろしく、お願いいたします」

「矢内栄次郎だ。よろしく」

栄次郎は親しく声をかけてから、

「いったい、どうして知り合ったのですか」

と、興味を持ってきいた。

「遊里で流していたら、福助がずっとついて来たんです。次の日も、その次の日も、ずっとついてきました。そして、いきなり弟子にしてくれと言い出した」

春蝶は苦笑し、

「なんでも、俗曲が好きで、民謡も唄うという。一度、聞いてくれというので、聞かせてもらった。こいつは鍛えればものになると思った」

と、真顔になった。

「そうですか。一度、聞いてみたいですね」

栄次郎は興味を持った。

「福助、どうだい？　ここでやってみるか」

「はい」

福助は若々しい声で応じた。

手を伸ばし、春蝶は三味線をつかんだ。そして、撥を明るく打ち下ろした。

潮来《いたこ》出島の真菰《まこも》の中に
菖蒲咲くとは露知らず……

栄次郎は驚いた。

小粋な節廻しに、伸びのある声だ。

この唄は岩井文兵衛も唄う。菖蒲とは遊女のことだと、文兵衛が言っていたことを思い出す。潮来出島の真菰だらけの地に、遊廓が出来ているのであろうか。

「春蝶さん。すばらしいですね」

栄次郎は素直に讃《たた》えた。

「ええ、俗曲などには打ってつけじゃねえかと思います。都々逸節を今教えているんですよ。まあ、まだ、色気を出すのは無理ですがね」

「新内は？」

「いえ、福助は新内より、都々逸節のほうの弟子ってとこですかね。新内も教えますが、本領は俗曲です」

春蝶は目を細めて言った。

福助は六歳のときに養子先を飛び出し、各地の遊里で乞食のような暮らしをし、座敷から聞こえて来る唄を聞き覚えたという。

「福助。よいひとに巡り合った」

栄次郎が言うと、福助は満面に笑みを浮かべ、

「はい。きっとお師匠さんのように名人と言われるようなひとになりたいと思います」

と、はっきりとした声で言った。

栄次郎はきっと、ものになるだろうと思った。

「春蝶さん。今度、岩井文兵衛さまにも、ぜひ福助の唄を聞かせてあげたいですね」

「はい。ありがとうございます」

春蝶は福助が可愛いのか、終始目を細めていた。

栄次郎は真顔になり、

「春蝶さん。これから、外に出るときは十分に用心してください。惣吉がまた襲って来るかもしれません」

「わかりました」

「じゃあ、私はこれで」

栄次郎は立ち上がった。

外に出ると、音吉がついて来た。

途中で、音吉が言った。

「これから、大師匠のところに行き、うちの師匠が帰ったことを伝えてきます」

「お願いします」


音吉と別れ、栄次郎は不忍池をまわり、下谷広小路を突っ切った。明神下の新八のところにまわった。

ちょうど、新八は出かけるところだったらしく、木戸口でばったり会った。

「栄次郎さん。ちょうど、よいところに」

新八が口許を綻ばせた。

「これから、お秋さんの家に行こうと思っていたんです」

無意識のうちにふたりの足は神田明神に向かっていた。そして、境内に入ってから、

「道場に小手に包帯を巻いた侍がいました。目つきも悪く、おそらく、栄次郎さんを襲った者だと思われます」

と、辺りにひとがいないのを確かめて言った。

「やはり、いましたか」

念のために、新八に調べてもらったのだ。

「どうしますか。もっと調べてますか」

「いや、いいでしょう。もっと調べてますか。伊谷光三郎からうまいこと言われて頼まれただけでしょうから。もう、二度と伊谷から頼まれても手は貸さないでしょう」

「そうでしょうね」

拝殿の前に立ち、手を合わせる。

その前から、離れると、

「そろそろ、神田明神の祭りですね」

と、新八が言った。

「ええ、早いものです」

神田祭りには一番山車《だし》の大伝馬町の諌鼓鶏《かんこどり》からはじまって三十六番までの山車が出

る。

御輿《みこし》は深川、山車神田、ただ広いのが山王祭りと言われる江戸の三大祭りのひとつだ。今年もおゆうといっしょに行く約束をさせられた。

「そうそう、新八さん。春蝶さんが帰って来ました」

栄次郎は思い出して言う。

「そうですか。帰って来ましたか。いったい、どこに行っていたんですかえ」

「水戸です」

「水戸？」

栄次郎はおおまかなことを説明し、

「結局、惣吉は、自分の子どもではないことを突き止めてきたんです」

と、春蝶の執念の凄さを話した。

「でも、墓参りをして、おふみさんも喜んだでしょうね。一度はいい仲になったんですから。それにしても、大師匠の蝶丸は許せない」

新八は腹立たしげに言う。

「惣吉さんの前で、きっと謝らせますよ」

惣吉のためにも真実は明かにすべきだと、栄次郎は思った。

境内を出てから、

「これから三河町に行ってみます。伊谷光三郎兄妹が半年前まで、住んでいた可能性があるんです。磯平親分に会うかもしれないので」

「ごいっしょします」

昌平橋を渡り、武家屋敷の間の道を通って三河町にやって来た。

殺された金造がよく足を向けていた場所である。だが、三河町のどこの長屋かはわからず、磯平親分は順番に当たっていっているはずだ。三河町は一丁目から四丁目までである。最初に差しかかったのは三河町四丁目だ。

自身番を覗いたが、磯平親分はいない。

次に三丁目に出た。やはり、磯平や手下の姿は目に入らない。次の二丁目でも同じだった。

そして、三河町一丁目で、磯平と出くわした。

「磯平親分」

「矢内さま、伊谷光三郎兄妹が住んでいた長屋が見つかりました、この先にある『月見長屋』と呼ばれているところに、半年ほど前まで住んでいたそうです」

「『月見長屋』とは乙《おつ》な名前ですね」

新八が口を入れた。

「家の中から月見が出来る、つまり、屋根に穴が空いているってことです。以前は、『雨漏り長屋』って呼んでいたそうですぜ」

「そんなところに住んでいたんですか」

栄次郎は痛ましげに言う。

「へえ、ずいぶん惨めな暮らしだったようです。それが、お絹が加納屋宗兵衛に見初《みそ》められてから、すっかり様子が変わったってことです」

「なるほど」

「ちょっと行ってみますかえ」

「ええ」

磯平の案内で、栄次郎と新八は『月見長屋』に向かった。小商いの店が並び、酒屋の横に長屋の木戸があった。

二階建て長屋にはさまれた棟割長屋である。路地を入って行くと、易者らしい男がこちらの様子を窺っていた。

「奥から二番目の家に、兄妹で暮らしていたってことです。今は、そこは棒手振りの男が住んでいるそうです」

六畳一間で、兄と妹が暮らしていたのだ。おそらく、以前は国元ではよい暮らしをしていたに違いない。

何があったかわからないが、浪人の身となり、江戸に流れて来ても、食べていくのがやっとという暮らしに落ちぶれたのだ。

そこから這い上がろうと、兄妹は必死にあがいていたであろうことが想像された。

だからといって、おひさを殺し、友吉を殺し、後添いに納ろうとすることは許されざることだ。

「伊谷兄妹の隣りは誰が住んでいたんですか」

「日傭取《ひようと》りの男だそうです。今は仕事に出かけていて会えないんですが、まあ半年以上前のことなので、特に話を聞く必要もないと思います」

「そうですね」

と一応は首肯したものの、栄次郎は無駄でも話を聞いておいたほうがよいような気がした。

両隣りとは薄い壁で、話し声も筒抜けだ。ふたりの会話を耳にしていただろう。何か、耳寄りな話が聞けるかもしれない。

栄次郎たちは長屋を出た。そして、鎌倉河岸に出た。辺りにひとはいない。会話を聞かれる心配はなかった。

「妹のお絹が加納屋の囲われ者になって出て行くと同時に、伊谷光三郎も長屋を出て行ったということです」

磯平は説明した。

伊谷光三郎は、飯田剛十郎道場の離れに移ったのだ。

「ひょっとすると、加納屋の世話だったのかもしれませんね」

加納屋は、お絹のために浜町に家を構え、伊谷光三郎のために、飯田剛十郎道場の離れを借りてやった。

「金造はこの長屋によくやって来ては、お絹の顔を盗み見していたそうです。お絹は掃き溜めに鶴だったそうです」

「伊谷は、そんな金造に目をつけて、友吉を首吊りに見せかけるための手伝いをさせたんでしょう。だが、あとから、金造は分け前を多くせびってきた。口封じの意味もあって、伊谷は伊勢町河岸にある居酒屋に誘き出し、そして末広河岸で殺したのに違いありません」

「だいたい、事件の筋はつかめました。あとは、肝心の証拠ですが……」

磯平が困惑気味に言う。

証拠はない。いくら、相手を問いつめようが、しらを切られたらどうしようもない。なにしろ、奉行所が心中としてけりをつけてしまった事件を蒸し返すことは難しい。

「あっしは旦那に相談しているんですが、どうも信じてくれないんです」

磯平が手札をもらっている定町廻り同心は、動こうとしないようだ。

「困ったことに、宗兵衛の評判はいいんです」

磯平は悔しそうに言う。

「『加納屋』の奉公人や、親戚の間で、宗兵衛に疑いを抱いている者はいないのですか」

「ええ。あっしも、それとなく聞いてみたんですが……。宗兵衛はとにかく如才がなく、親戚筋をうまく丸め込んでいるという感じです。奉公人にしても、自分の主人を悪く言えないのか、あまりはっきりしたことは言わないんです」

「そうですか」

親戚や奉公人にしてみれば、不義密通をしていた内儀のほうが悪者で、宗兵衛は悲劇の主と見ているのかもしれない。

「もし、親分が構わないなら、与力の崎田孫兵衛さまに相談してみようかと思うのですが。いちおう、話をしておいたほうがいいと思うんです」

宗兵衛を疑う者はいない。証拠もない。これでは、崎田孫兵衛に訴えても、取り上げてもらうのは難しいかもしれない。だが、話だけはしておいたほうがいい。それに、何らかの助言をもらえるかもしれない。

「あっしは構いません。いえ、ぜひ、そうなすってください」

磯平は勧めた。

「わかりました。そうしてみます」

そう答えたものの、栄次郎はこの先の見通しが立たなかった。

加納屋宗兵衛と伊谷光三郎兄妹と金造の四人が仕組んだ心中事件だ。このうち、金造が殺され、残った三人は身内のようなものだ。仲間割れは期待出来ない。

唯一、突破口となり得るのは伊谷光三郎による金造殺しだ。ここを衝く以外に、心中事件にはたどり着けない。

磯平と別れ、栄次郎と新八は柳原通りに出た。

「新八さん。お願いがあるのですが」

「加納屋のほうはしばらく事態は動かないと思うんです。それで、春蝶さんのほうを見守っていただけませんか」

「わかりました。惣吉がまたぞろ襲うかもしれないんですね」

「はい」

「じゃあ、さっそく、春蝶さんの住まいに行ってみます」

「団子坂にあります」

長屋の場所を教えてから、

「春蝶さんが出かけるのは夕方になってからですから、それまでに顔を出してみていただけますか」

「わかりました」

栄次郎は新《あたら》シ橋を渡ってから、

「新八さん。そろそろ、師匠のところに顔を出しませんか」

と、稽古を再開するように勧めた。

「そうですね」

ちょっと新八は尻込みしたのを、

「師匠には私から新八さんのことをうまく話します。今までどおりにしていればだいじょうぶですよ」

「わかりました。思い切って高い敷居をまたいでみましょう」

新八は深呼吸をして言った。

途中、蔵前通りに出て、菓子屋に入り、新八は手土産の羽二重餅を買い求めた。

二

栄次郎は新八とともに、師匠の杵屋吉右衛門と会った。

「そういうわけで、新八さんは御徒目付の手先となって動いていたのです。それを、磯平親分が誤解をしてしまったのです。もう、磯平親分の誤解も解け、今ではお互いに認め合う仲になっております」

黙って聞いていた師匠は笑みを浮かべ、

「じつは、そのことは磯平親分から伺っておりました。ですから、早く新八さんが戻って来るのを首を長くして待っていたのです」

「師匠。ありがたいお言葉でございます」

新八は深々と頭を下げた。

「では、さっそく、きょうからお稽古をはじめましょうか」

師匠が言う。

「へえ、では」

新八もうれしそうに答えた。

「私はこれで」

きょうは栄次郎の稽古日ではないので、先に引き上げることにした。

「夕方までに団子坂に向かいます」

新八が栄次郎の背中に声をかけた。


鳥越から、栄次郎はお秋の家に向かった。

家に入る前に、無意識のうちに辺りに注意を払った。だが、伊谷光三郎が待ち構えている気配はなかった。

「きょうは、崎田さまはいらっしゃいますか」

稽古の途中に顔を出したお秋に訊ねた。

「ええ、きょうは来る日です」

「よかった。いらっしゃったら教えていただけませんか。ちょっと、話を聞いていただきたいのです」

「ひょっとして、加納屋の内儀さんのこと?」

「ええ、崎田さまに相談申し上げようと思いまして」

「じゃあ、何か手掛かりでも？」

「いえ」

自分のところに客で来た男女に絡む事件だけに、お秋も気にしているのだ。

「そうですか。私もそばで聞いていていいんですね」

「だめだと言っても無駄でしょう？」

「はい」

真顔で返事をしてから、お秋は笑った。

それから、再び、三味線を抱えて稽古をし、気がつくと部屋の中が薄暗くなり、お秋が行燈に灯を入れに来た。

稽古に没頭していると、時間が経つのも忘れる。

それから、四半刻（三十分）ほどして、お秋が呼びに来た。

「来たわ」

「今、行ってだいじょうぶですか」

「ええ、酒を呑み出さないうちに話をしたほうがいいでしょう」

「わかりました」

栄次郎は立ち上がり、三味線を片づけた。

階下に行くと、居間の長火鉢の前で、崎田孫兵衛がふんぞり返っていた。

「崎田さま、聞いていただきたいことがございます」

「珍しいな。そなたが、そんなことを言うのは？」

孫兵衛は余裕の笑みを浮かべた。

「お秋。酒はまだか」

孫兵衛は台所に向かって声をかけた。

話が済むまでと、お秋はわざと支度を遅くしているのだ。

「じつは、柳森神社で『加納屋』の内儀が手代と心中した事件のことなのですが」

栄次郎は切り出した。

「なんだ、ずいぶん、古い話だな」

孫兵衛はしらけたように言う。

「じつは、たいへんなことがわかりました」

興味を引かせようと、栄次郎は大仰に言った。

「なんだ、たいへんなこととは？」

「あれは心中ではなく、殺しだったのです」

「殺し？」

孫兵衛は眉根を寄せ、

「おいおい、矢内さん。いい加減なことを言い出してもらっては困る。奉行所で、ちゃんと調べて心中ということになったのだ」

と、不快そうに言った。

「それが、巧妙に仕組まれていたのです」

「矢内さん。そんな妄想につきあう気はないんだ。おい、酒はどうした？」

「妄想ではありません。まず、内儀の相手は、伊谷光三郎という侍が町人になりすまして内儀のおひさに近づいたのです。その伊谷の妹のお絹が加納屋宗兵衛の妾なのです。宗兵衛は、お絹を後添いにするつもりです」

「証拠は？」

「ありません」

「ばかな。だから、妄想なのだ。おい、酒だ」

「崎田さま。お聞きください」

栄次郎は身を乗り出した。

お秋はわざとぐずぐずしている。

「ここに逢引きで来たのは、町人になった伊谷光三郎と内儀のおひさ。手代の友吉を柳森神社に連れ出したのが金造という男です。この金造はのちに斬り殺されました。その近くに伊谷光三郎がいたことは確認されています」

不快そうな顔で、孫兵衛は栄次郎を睨んでいる。

「加納屋宗兵衛は妾のお絹を後添いにするつもりです。もともと宗兵衛は『加納屋』の番頭だった男。その男が婿に入り、先代夫婦が亡くなると、本性を現し、内儀をないがしろにし、邪魔者を殺して妾を後添いに……」

「証拠がないのに、どうしてそう言えるのだ？」

孫兵衛が怒ったようにきく。

「状況を積み重ねて行くと、そういう結論にならざるを得ないのです。ですが、証拠がなく、何も手出しが出来ないのです」

栄次郎が悔しそうに言い、

「これ以上は私の手にあまります。それで、崎田さまにお知恵を拝借しようと、こうしてご相談を申し上げているのです」

と、孫兵衛の自尊心をくすぐるように続けた。

「うむ……」

孫兵衛は心が少し動いたのか。

「このままでは、『加納屋』は赤の他人にとられてしまうことになります。また、内儀のおひさの無念を思うと、捨ててはおけないのです」

「証拠がなくてはどうしようもない」

「私は町人の格好をした伊谷光三郎に会っています。そのことを知った伊谷は浪人を雇って私を襲わせ、さらに自身でも私を襲って来ました」

「そなたの話がほんとうだとしても、難しい」

孫兵衛は顔をしかめた。

「何か、よいお知恵はございませんか」

「奉行所が心中という結論を出してしまっていることが大きい。この壁を乗り越えるには確たる証拠がなければだめだ」

「はい」

孫兵衛の答えはわかっていた。栄次郎は孫兵衛からいい智恵が出るとは思っていない。智恵が必要なのではなかった。

ただ、こういう状況であることをわかっていてもらえればよいのだ。

「お待たせ」

お秋が酒肴を運んで来た。

「遅かったではないか」

孫兵衛が非難するように言う。

「なんだか、深刻そうなお話でしたので、遠慮したんですよ」

お秋は涼しい顔で言う。

「ちっ。何度も催促したのに」

孫兵衛は不機嫌そうに言う。

「過去に、奉行所ではこのような例はございましたか」

「あとで殺しだとわかったということか。うむ、ないこともない。だが、それは、あとから仲間割れが起きたから表沙汰になったのだ。それがなければ、どうしようもない」

「そうですか」

「ただ、加納屋宗兵衛に直接会って反応を見るのも手かもしれぬ。もっとも、証拠がないのだから、しらを切られたらおしまいだ」

「証拠……」

今の孫兵衛の言葉に、栄次郎ははったと膝を叩いた。

「崎田さま」

「なんだ、いきなり大声を出して。驚くではないか」

猪口の酒をこぼしそうになって、孫兵衛はあわてた。

「宗兵衛に会ってみるのはいい手かもしれません。証拠があるように見せかければいいのです」

「どういうことだ？」

酒を喉に流し込んでから、孫兵衛がきいた。

「威すんです」

「威す？」

「はい。おまえたちの企みはすべてお見通しだ。証拠もある。黙っていて欲しければ十両出せと」

「ほんとうに威しだ」

「ええ、もし十両出したら、後ろめたいところがある証拠。あるいは、また伊谷光三郎に頼み、私を襲うか。いずれにしろ、敵の尻尾を掴む機会が生まれます」

もはや、これしかないと思った。

「何の反応もなかったらどうするのだ？」

「必ず、脅迫に応じさせます」

栄次郎は言い切った。

「ずいぶん強気だな」

「ただ、あとで脅迫が問題となるといけないので、私が罪を暴くために脅迫の真似事をしたということを、心に留めておいていただけるとありがたいのですが」

「まあ、いいだろう」

孫兵衛は面倒くさそうに答えた。

「さあ、栄次郎さんも」

お秋が酒を注いでくれた。

「すみません。いただきます」

栄次郎は猪口を口に運んだ。

孫兵衛は決して酒癖のいいほうではない。酔っぱらってくると、くだくだと、ねちっこく栄次郎を責めてくる。お秋が栄次郎贔屓であることが気に入らないのだ。

孫兵衛が酔う前に、退散すべきだ。

座を立つには、ふつうにあいさつしていてはだめだ。許してくれない。引き上げると言ったら、むきになって帰すまいとする。

だから、孫兵衛が厠に立つのを待つしかなかった。だが、今夜は不思議なことに、いっこうに尿意を催さないようだ。

「さあ、旦那。どうぞ」

お秋はどんどん酒を勧めた。孫兵衛は酔いがまわってきた。だんだん、愚痴っぽくなってきた。

「矢内さん、今夜は帰さぬ。さっきは、貴公の頼みを聞いたのだから、今度はわしの頼みを聞いてもらう。最後まで、つきあえ」

栄次郎はお秋と顔を見合せた。

栄次郎は立ち上がった。じろりと、孫兵衛が睨んだ。

「厠です」

そう答えると、何か言いたげな顔をしたので、栄次郎は素早く厠に向かった。

部屋に戻ると、お秋が孫兵衛の相手をしていた。

孫兵衛がお秋に酌をしている。元の場所に座っても、孫兵衛は見向きもしない。お秋がうまくやってくれたようだ。

お秋がこっちを見た。目顔で、帰れと言っている。栄次郎も目顔で答えてから、

「崎田さま。私はこれで失礼します」

と、声をかけた。

「帰るか。気をつけてな」

お秋に甘えられて、孫兵衛は上機嫌のようだ。

栄次郎は安心して、引き上げた。

三

翌日は朝から雨が降っていた。

栄次郎は唐傘を差して本町の『加納屋』の前に立った。

中規模の店だが、繁盛しているようだ。傘を閉じて、店の中に入る。栄次郎は手代らしき男に声をかけた。

「すまぬ。主人に会いたい」

「お約束でございましょうか」

「いや。浜町堀の家のことで、大事な話があるのだ。そう伝えてもらえればわかる」

「ですが、手前どもの主人は、お約束がなければ、どなたともお会いしないことになっております」

「取り次いでもらえればすぐ会ってくれるはずだ。主人にとっては大事な話ゆえ、もしそなたの独自の判断で断ったら、あとでどんな叱責を受けるかもしれない。それでも、よいのか」

「いえ、少々、お待ちください」

手代は番頭らしき年嵩《としかさ》の男のところに行った。何事か話している。その最中、一度こっちにちらっと顔を向けた。

しばらくして、番頭が近づいて来た。

「失礼でございますが、主人は約束がないと……」

「わかっている」

栄次郎は番頭の言葉を遮った。

「大事な用ゆえ、主人は会うはず。取り次いでもらいたい。浜町堀の家の件といえば、すぐわかる」

迷っていたが、

「では、お伝えして参ります」

と、番頭は答えた。

だいぶ待たされたが、やっと栄次郎は客間に通された。

すぐに恰幅のよい三十半ばの渋い顔だちの男が現れた。眉毛が濃く、鼻梁が高いので、遠目では男らしく見えた顔だちも間近ではやや軽薄そうな印象がした。

「加納屋宗兵衛だが、何用ですかな」

明らかに警戒している。浜町堀の家を知られているということでそうとう動揺しているようだ。

「柳森神社での内儀さんと手代の心中事件、あれが殺しだという証拠を持っています。それを買っていただけませんか」

栄次郎は脅迫者になった。

「何の話をしているのだ？」

宗兵衛の頬が引きつった。

「あのふたりを心中に見せかけて殺したのは伊谷光三郎という侍と金造という男です。その金造も伊谷光三郎に、末広河岸で殺されてしまいました」

宗兵衛の顔が青ざめているのがわかる。

「その伊谷光三郎の妹はお絹といい、浜町堀の家であなたの囲い者になっています。どうですか。百両で、この話を買いますか」

「な、なんのことかわからぬ。いいかげんなことを言うな」

宗兵衛は震える声で強がった。

「いい加減かどうか。いずれ、お絹を後添いに迎える腹積もりだそうだが、私がおひささんの親戚衆にあらいざらい告げたらどうなるでしょうね」

「いいか。おひさは友吉と心中したんだ。お役人の調べでもそうなったんだ。そんな証拠など、あるはずがない」

「私は内儀さんから相談を受けていたんですよ。ひょっとしたら主人に殺されるかもしれない。内儀さんは、そう言って怯えていたんです」

「嘘だ」

「嘘とは何がですか」

「おひさが、そんなことを他人に相談するはずはない」

「内儀がどこで伊谷光三郎と逢引きしていたか、知っていますか。浅草黒船町のある家ですよ。私はその家に出入りをしているんです」

「…………」

「伊谷さんにきいてみたらいい。どうですか。買いますか」

「少し考えさせてくれ」

「何を考えるのですか。死罪になるか、百両を出すか。どっちが軽いか、考えるまでもないと思いますが」

「今夜、返事する。夜になったら、もう一度、ここに来てくれ」

「そうですね。伊谷光三郎とお絹という女に相談しないといけないですからね。わかりました。そうしましょう」

栄次郎は立ち上がった。

客間を出る際も、宗兵衛は栄次郎の背中を睨んでいた。


『加納屋』を出てから、唐傘を差して栄次郎は三河町一丁目に向かった。

伊谷兄妹が住んでいた『月見長屋』に行った。隣りに住んでいた日傭取りの男から話を聞くためだ。

雨だから、きょうは仕事がなく、長屋にいるはずだ。

長屋木戸を入り、路地の奥に向かう。

兄妹が住んでいたところを過ぎ、隣りの腰高障子を叩いた。

「誰でえ」

中から野太い声が聞こえた。

栄次郎は戸に手をかけた。

戸を開けると、薄暗い部屋で、男が酒を呑んでいた。傍らに徳利が転がっていた。

　大柄の毛深そうな男だ。熊のような雰囲気だ。

「誰でえ」

「矢内栄次郎と言います。ちょっと聞きたいことがあります。半年前まで、隣りに住んでいた伊谷光三郎と妹のお絹のことです」

「ずいぶん、昔のことだな」

　すえた匂いに閉口したが、栄次郎は狭い土間に立って、男を見下ろしてきいた。

「どこの浪人かわからないですかね」

「そんなこと、隠しているからな」

「いつから、ここに？」

「一年ぐらいいたかな。まあ、ふたりとも気位が高いんで、まったくつきあいづらかったぜ」

「ふたりの話は聞こえて来たでしょう。どんなことを話していました？　覚えていませんか」

「ときたま国にいたときは、どうのこうのとか、このまま朽ちてしまうのは口惜しいって女はよく泣いてましたぜ」

「ここを出て行くとき、どこへ行くとか言っていませんでしたか」

「そんなこと言わねえ。黙って出て行った」

「何か、ふたりに変わったことはなかったですか」

「さあ。何かあったかもしれねえが、今は思い浮かばないな」

朝からの酒のせいで、頭が働いていないようだ。

「わかりました。また、出直します」

「ああ、何か思い出しておくよ」

男は赤ら顔で言った。

何らかの事情で、国を飛び出して江戸に出て来た。しかし、江戸で待っていたのは貧しい暮らしだ。

その悲惨な暮らしから逃れるために、お絹は加納屋宗兵衛の妾になり、さらに、兄の協力を頼んで内儀を排除し、自分は『加納屋』の内儀に納まろうとしたのだ。

再び、唐傘を差し、昌平橋を渡って明神下の新八のところに顔を出した。

傘をつぼめて戸口に置いて土間に入った。

「あいにくの雨ですね」

新八は起きていた。

「ええ、でも、小雨ですからまだ助かります」

「さあ、上がってください」

「いえ、足も汚れているし、ここで」

小雨とはいえ、道はぬかるみ、跳ねも飛んだ。

栄次郎は上がり框に腰を下ろした。

「春蝶さんのほうはどうでした？」

「きのうはおとなしく家にいました。福助って小僧がいたのでびっくりしました。弟子にしたそうですね」

「ええ。でも、鍛え甲斐があるとかで、春蝶さんも喜んでいましたね」

「そうそう、あの長屋に空き家が出来たので、春蝶さんと福助が引っ越しました」

「そうですね。あの狭い部屋に三人は苦しいですからね」

「今夜、都々逸に座敷がかかったそうです。福助も連れて行くと言ってました」

「そうですか。じゃあ、今夜は頼みます。惣吉が現れるかもしれません」

「任しておいてください」

新八はふと真剣な顔つきになり、

「栄次郎さんのほうはいかがですか」

と、きいた。

「さっき、加納屋を恐喝して来ました」

「恐喝ですって」

「ええ、心中に見せかけた殺しの証拠を握っている。百両出せと、威したのです」

「こいつは驚きました。で、加納屋はどう出ましたか」

「そうとう動揺していました。今夜、返事するということです」

「伊谷兄妹と相談するってことでしょう。気をつけてください。何か、企んでいますぜ」

「ええ、気をつけます」

そう言い、栄次郎と新八は立ち上がった。

長屋を出てから、栄次郎は岡っ引きの磯平のところに向かった。


夕方、栄次郎はお秋の家を出て蔵前通りを本町に向かった。

新八の長屋から磯平のところに行き、そこで加納屋に会って来た経緯を話した。それから、お秋の家で三味線の稽古をしていたのだ。

一刻（二時間）ばかり前に雨は上がり、西陽が射していた。

栄次郎が『加納屋』の前にやって来た頃には辺りは暗くなっていた。ちょうど、大戸を閉めようとしているところだった。

店先に立つと、番頭が近寄って来た。

「昼間のお侍さまでいらっしゃいますね。主人から言づけを預かっております。浜町堀の家まで来ていただきたいとのことでございます」

「わかりました」

栄次郎は本町通りを東に向かった。


お絹を囲っている家に近づいた。しかし、家の中は暗い。不審に思いながら、格子戸を叩く。

返事はない。戸に手をかけた。開かない。心張り棒がかけられているようだ。裏にまわったが、裏口も鍵がかかっていた。

ふと、何者かの視線を感じた。振り返ると、黒い影が隠れた。栄次郎はその影を追って、浜町河岸に出た。堀の両側は武家屋敷が並び、かなたに辻番所の明かりが見える。

黒い影が栄次郎を誘い込むように、大川のほうに向かった。途中にあった辻番所の明かりに、影が微かに姿を現した。

侍のようだ。伊谷光三郎かもしれない。栄次郎は追った。

大川端に出た。そこで、黒っぽい着物に袴、頭巾で面を覆った侍が待ち構えていた。

姿形は伊谷光三郎のものではなかった。伊谷より一回り大きい。

「加納屋宗兵衛に頼まれたのか」

栄次郎は立ち止まって声をかけた。相手との距離は三間（約五・四メートル）ほどの位置だ。

「理不尽な脅迫を受けているときいた。正義のために、制裁を加える」

覆面の下からくぐもった声がした。

「正義のためなら面体を隠す必要はあるまい。おおかた、金で雇われたのであろう」

栄次郎は言い返す。

「問答無用」

相手は剣を抜いた。

そして、正眼に構えた。腰が地についたような構えだ。並々ならぬ腕前だということが窺えた。

栄次郎は左手を刀に当て、鯉口を切った。右手は垂らしたままだ。

相手の剣先が徐々に下がった。そして、ぴたっと止まった。相手の体と剣が一体となって微動だにしない見事な構えだった。

いつの間にか、間合いが詰まっていた。

「小野派一刀流ですね。ひょっとして、あなたは……」

栄次郎が看破して言った瞬間、相手は脇構えから斬り込んで来た。栄次郎も素早く反応し、腰を落とし、剣を抜いた。

激しく剣がかち合い、そのまま、両者の態勢が入れ代わった。

再び、相手は下段正眼に構えた。栄次郎も鞘に刀を納めている。徐々に、間合いが詰まる。

栄次郎は目を閉じ、一見、棒立ちになった。心を無にし、風の音を聞く。

相手の動きが止まった。やがて、すっと潮が引くように、微かな緊張感が去って行った。栄次郎は目を開いた。

「さらばだ」

相手は刀を鞘に納め、さっと後方の暗がりに去って行った。

背後から足音が近づいて来た。

「矢内さま」

栄次郎は振り返った。

「磯平親分」

栄次郎は訝しく磯平の顔を見た。

「親分はどうしてここへ？」

「へえ、あっしも気になって『加納屋』に行ったんです。矢内さまのことをきいたら、浜町堀の家に向かったと番頭が教えてくれたんです」

「そうでしたか。でも、おかげで助かりました」

「加納屋が雇った刺客ですか」

「そうでしょう」

「あの道場の人間かもしれませんね」

「覆面をしていましたから顔はわかりませんでした」

そう答えたが、北森下町にある小野派一刀流の道場主飯田剛十郎に違いないと思った。が、そのことは口にしなかった。

「それより、妾の家は誰もいないようです」

磯平が戸惑いぎみに言う。

「逃げられたのかもしれません。失敗でした。加納屋を見くびっていたようです。思った以上に、したたかでした」

栄次郎は無念そうに歯噛みをした。

「明日、明るくなったら、あの家を調べてみます」

磯平が言う。

「それから、今度は親分が加納屋に当たってみていただけますか。妾の家のことをなんと言うか」

「わかりました。やってみましょう」

磯平は気を引き締め直すように深呼吸をした。

「明日の午後、浅草黒船町の家にお訪ねに上がります」

「そうしていただけますか」

「はい」

磯平と別れ、須田町から昌平橋を渡って本郷通りに入って、屋敷に帰って来た。

部屋に入って、はじめて着物の袂が裂けているのに気づいた。いまさらながらに、恐ろしい相手だったと、栄次郎は思った。

四

翌日の午後、師匠のところでの稽古を終えてから、栄次郎はお秋の家に向かった。

小脇に風呂敷包みを抱えている。

師匠の家に行く前に、新八のところに寄ったが、まだ惣吉は現れないらしい。

お秋の家に着き、二階の小部屋に落ち着く。

茶を運んで来たお秋に、栄次郎は声をかけた。

「お秋さん。お願いがあるのですが」

「なんです、改まって。驚くじゃありませんか」

何かとんでもないことを言いだすのではないかと、お秋は不安になったようだ。

栄次郎は風呂敷包みを引き寄せ、結び目を解いた。

「ここを縫っていただけませんか」

そう言い、小紋の着物を差し出した。

「まあ、こんなに」

お秋は驚いたような声を上げ、

「いったい、どうしたって言うんですか。これ、刃物で切られたようですけど」

と、咎めるような眼差しを向けた。

「ええ、ちょっと」

「ちょっとじゃありませんよ。また、危ない真似でもしているんじゃないんですか。まさか、加納屋の内儀さんの件で？」

「お秋さん。これは違うんです」

「これ、お預かりしておきます。でも、これからは危険な真似はしないでくださいね」

「すみません」

栄次郎は頭を下げた。

三味線を弾いていると、お秋が上がって来た。

「栄次郎さん。磯平親分がいらっしゃってますけど」

「わかりました。すぐ行きます」

栄次郎は三味線を片づけて、階下に行った。

土間に磯平が待っていた。

栄次郎は草履を履いて磯平といっしょに外に出た。

「お絹の家は裳抜けの殻でした。近所の者にきいたら、きのうの昼間、道具屋が来て、荷物を引き取って行ったそうです」

「素早いですね」

栄次郎は感心して言う。

「それから、加納屋に会ったのですが、矢内さんの話は知らないととぼけていました。なにやら、変なことを言う侍が来たが、適当に相手をして追い返したと」

「してやられたようですね」

栄次郎は歯嚙みをした。

「『加納屋』には、誰にも知られてない別邸があるんじゃないでしょうか。おそらく、伊谷光三郎とお絹はそこに身を隠したものと思われます」

「ええ、探してみます」

磯平は息巻いて言う。

「私は念のために、飯田剛十郎の道場に、伊谷光三郎を訪ねてみます。おそらく、離れから出て行ったと思われますが」

飯田剛十郎に会えば、きのうの覆面の侍かどうかわかるかもしれない。栄次郎はそう思った。

磯平と別れ、いったん、お秋の家に戻り、刀を持って深川に出かけた。

まだ、陽が沈むまで時間があるので、栄次郎は蔵前通りに出て浅草御門をくぐり、両国広小路から両国橋を渡った。

おひさと友吉の無念の呻きが聞こえてきそうな気がした。

竪川《たてかわ》にかかる二ノ橋を渡り、北森下町にたどり着いた。

小野派一刀流飯田剛十郎の道場の門前に立った。すでに、稽古は終わっているらしく、道場から竹刀の音は聞こえない。

栄次郎は門を入り、玄関に入った。

「お願いします」

栄次郎は薄暗い玄関の奥に向かって呼びかけた。

待つほどもなく、若い侍が出て来た。

「私は矢内栄次郎と申します。飯田剛十郎先生にお会いしたいのですが、御在宅でしようか」

飯田剛十郎に聞こえるように、わざと大きな声を出した。

「どのようなご用件でいらっしゃいますか」

若い侍は鋭い眼光できいた。

「加納屋宗兵衛と伊谷光三郎どののことで、とお伝えください」

「少々、お待ちください」

若い侍は奥に引き下がった。

屋敷内はひっそりと静まり返っている。

だいぶ待たされて、ようやくさきほどの若い侍が戻って来た。

「お会いなさるそうです。どうぞ」

若い侍は上がるように勧めた。

「失礼ですが、お腰のものをお預かりさせていただきます」

ふと警戒心が起きたが、栄次郎は大刀を若い侍に預けた。

「こちらです」

若い侍は栄次郎を内庭に面した廊下伝いに奥の部屋に案内した。

「こちらにて、しばらくお待ちください」

部屋の前で腰を下ろして、若い侍が言った。

栄次郎は部屋に入った。陽が翳り、部屋の中は薄暗くなっていた。

若い侍が明かりの点いた行燈を持って来た。

それから、しばらくして、巨軀の侍がやって来た。飯田剛十郎だ。胸板が厚く、肩の筋肉が盛り上がっているのがわかる。

「突然、お邪魔しまして申し訳ございません」

栄次郎は相手の鋭い眼光を受けとめながら口を開いた。

「御用の向きを承《うけたまわ》ろう」

剛十郎が言う。

「昨夜は失礼いたしました」

「はて、なんのことか」

剛十郎はとぼけた。

ふと、隣りの襖の向こうにひとの気配。門弟がいつでも打ってかかれるように待ち構えているのか。

「こちらの離れに、伊谷光三郎という浪人が居候していたはずですが、まだおられるでしょうか」

「伊谷光三郎は今朝、ここを引き払った」

「まことで?」

「嘘をついても仕方ない」

「失礼いたしました。どこに行ったか、ご存じでしょうか」

「知らぬ」

剛十郎は突慳貪《つっけんどん》に言う。

「もうひとつ、お聞かせください。伊谷光三郎とはどのようなご関係なのでしょうか」

「なぜ、そのようなことをきく？」

「伊谷光三郎がどこの藩の浪人か、なぜ、国を出たのか、そのわけを知りたいと思ったのです」

「それを知って、なんとする？」

「なぜ、加納屋と結託し、悪事に手を染めるようになったのか、そのわけが知りたいのです」

「奇妙なことを言う。悪事に手を染めたとは穏やかではない。言いがかりをつけるつもりなのか」

「いえ、言いがかりではありませぬ。加納屋の妾が、伊谷光三郎の妹だということをご存じでいらっしゃいますか」

剛十郎は眉根を寄せた。

「加納屋の内儀さんが、手代と心中したことは、ご存じでいらっしゃいましょうか」

「それがどうした？」

「内儀さんが不義密通をしていたのは事実ですが、相手は手代ではありませぬ。町人の姿に化けた伊谷光三郎です」

「なに？」

「さらに、心中の偽装に手を貸した金造という男を斬り殺しました」

「いい加減なことを言うではない」

剛十郎は不快そうに顔をしかめた。

「嘘ではありませぬ。では、こちらのご門弟が、伊谷光三郎に頼まれて私を襲ったことをご存じでいらっしゃいますか」

「なに」

剛十郎は眦《まなじり》をつり上げた。

「口から出まかせを言いおって」

「出まかせではありませぬ。どうやら、隣りの部屋に何人かがお集まりのようですが、その中に小手を怪我された御方はおりませぬか」

突然、襖が開いた。

たすき掛けの数人の侍が抜き身を下げて飛び込んで来た。

「待て」

剛十郎が立ち上がって叫んだ。

「しかし、こやつは……」

栄次郎は片膝を立てて、相手に向かい、

「あなたとは、いつぞやお会いしましたね」

と、声をかけた。

「知らぬ」

その侍は顔をそむけた。

「戻るのだ」

剛十郎が叫んだ。

門弟たちは、渋々引き上げた。

栄次郎は改めて居住まいを正した。

「お許しくだされ、あの者たちが勝手にしたこと。だが、わしに隠れて、そのようなことをしていたとは……」

剛十郎は愕然としていた。

「伊谷光三郎からうまくそそのかされたのでしょう」

栄次郎は言ってから、

「飯田先生。先生が伊谷光三郎を離れに住まわせたのは、加納屋宗兵衛に頼まれたからではありませんか」

と、きいた。

「そうだ。わしは、『加納屋』とは先代からつきあいがある。伊谷はある事情があって、浪々の身になったもの。しばらく、置いて欲しいということであった」

「きのうの件も、宗兵衛から頼まれたのですね」

「そうだ。加納屋は悪い奴に恐喝されている。始末して欲しいと頼まれた。だが、そこもとは強い。加納屋に失敗したと告げたら、見かけ倒しだと厭味を言われた」

剛十郎は苦い顔をした。

「なぜ、そのことを正直にお話しくださったのですか」

栄次郎は不思議に思った。最初の敵意が消えていた。

「そなたのほうに誠実さがある。信用出来る。わしが迂闊《うかつ》であった。内儀どのに裏切られた哀れな男を装っていたのか。まさか、加納屋に、そのような裏が隠されていたとは……」

剛十郎は眦《まなじり》をつり上げ、

「わしは内儀どのが不義密通をするような女子ではないと思っていた。それが、心中したと聞いて、すっかり加納屋の言い分を信用してしまった」

と、無念そうに唇を嚙みしめた。

「先生だけではありません。みな、騙されているのです」

栄次郎はなぐさめる。

「いや、あまつさえ、加納屋の口車に乗って、矢内どのを討とうなどと……」

剛十郎は嘆息した。

「私が加納屋宗兵衛を見くびったのがいけないのです。まさか、あれほどしたたかだとは思いもしませんでした」

「加納屋の罪を暴けるのか」

剛十郎は目を剝いてきいた。

「じつのところ、証拠がないのです。それで、苦肉の策として、加納屋を威してみたのです。そしたら、あわてて、伊谷兄妹をどこかに隠しました。どこまでも、狡猾な男です」

栄次郎は汚いものを吐き捨てるように言ってから、

「でも、必ず、証拠を見つけます。でないと、内儀さんや手代の友吉の霊が浮かばれません」

「もし、証拠が見つからなければ、わしが加納屋を成敗してくれる」

「それはいけません。加納屋の罪を暴かなければ、内儀さんや友吉の名誉が回復出来ません」

「うむ」

剛十郎は無念そうに唸った。

そして、何を思ったか、手を叩いた。

最前の若い侍がやって来た。

「お呼びでございますか」

「みなをここに集めてくれ」

剛十郎は若い侍に命じた。

若い侍が去ってから、しばらくして、さっき隣りの部屋で待ち構えていた門弟たちが遠慮がちに部屋に入って来て、入口近くに並んだ。全部で五名いる。

ひとりの侍は栄次郎から目をそらした。襲って来た三人のうちのひとりだ。細面で、わし鼻だ。

「伊谷光三郎と親しかったのは誰だ？」

剛十郎が門弟の顔を見回した。

「私かもしれません」

わし鼻の男がおそるおそる口を開いた。

「おまえか。伊谷光三郎がどこへ移ったかきいてはいないか」

「いえ、私たちには何のあいさつもなく、出て行きました」

わし鼻の男が答える。

「伊谷のことで、何か知らないか。何でもいい、国のことだとか、女のことだとか、何か言っていなかったか」

「そう言えば……」

わし鼻の男が顔を上げた。

「伊谷さんには女がいたようです」

「女？」

栄次郎は聞きとがめた。

わし鼻の男は栄次郎の顔を神妙に見ながら、

「はい。一度、伊谷さんと呑みに行ったとき、女の話になったんです。そのとき、今、ふたりの女を相手にしなければならないからたいへんだと言ってました」

「ふたりの女か」

剛十郎が栄次郎の顔を見た。

剛十郎の言いたいことがわかった。ひとりがおひさで、もうひとりがほんとうの自分の情婦であろう。

「町人姿になった伊谷光三郎を見かけたことがありますか」

栄次郎は門弟に訊ねた。

「いえ。ないですね」

みな、口々に呟くように言った。

伊谷光三郎はおひさと会うときは町人の姿に変身していたが、浜町堀にある妹のお絹の家を利用していたのであろう。

だが、伊谷が町人の姿になって、他の女と仲よくなっていることを、情婦は知らなかったのだろうか。

いや、企みをまったく知らなかったのであろうか。加納屋宗兵衛と伊谷兄妹の三人だけと思っていたところに、思いがけぬ情婦の存在は光明を見た思いがする。

もちろん、情婦について手掛かりはまったくないが、妹のお絹とどこぞに身を隠したとしても、伊谷光三郎は情婦に会いに行くはずだ。

そこに、何か突破口が見いだせるかもしれない。

「ごくろうだった。下がってよい」

剛十郎が門弟たちに言った。

門弟たちが下がってから、

「矢内どの。私で何か出来ることがあればなんなりと言っていただきたい」

と、剛十郎が罪滅ぼしのように言う。

「ありがとうございます。そのときは、よろしくお願いいたします。ただ、加納屋には私が接触したことを伏せておいていただけますか。向こうの言うことに話を合わせていただければよいかと」

「わかった。そうしよう。何か、ぽろりと大事なことを漏らすかもしれないのでな」

「では、私はこれで」

腰を浮かせかけて、栄次郎はふと思い出した。

「きのう、帰宅してみたら、袂が裂けておりました。きのうは冷や汗をかきました」

「いや。わしの襟元も微かに裂けていた。あのまま、戦い続けていたなら、お互い手負いになったであろう。矢内どの。いつか、そなたと思う存分戦ってみたいものぞ」

剛十郎は夢見るような目つきで言った。

「いえ、私など、先生の足元にはまだまだ及びもいたしません。おそらく、先生は私の袂を切ったという手応えを得ていたはず。しかしながら、私は今はじめて、襟元が裂けていたことを知りました。私のほうはたまたまだったのです」

「いや。そなたは恐ろしい剣客だ。いや、頼もしいというべきか」

剛十郎はうれしそうに笑った。

「では、失礼いたします」

栄次郎が玄関に行くと、若い門弟が栄次郎の大刀を持って控えていた。

## 五

それから二日経ったが、伊谷光三郎とお絹の行方はわからない。夜、加納屋宗兵衛が外出するのを磯平の手下が尾行したが、宗兵衛は寄合に出ただけだった。

それと併せて、磯平は加納屋の別邸を調べていた。伊谷兄妹が隠れている可能性もある。また、加納屋が持っている家作も、洗い出しているところだ。

三日目の夕方、お秋の家に、新八が栄次郎を訪ねて来た。

「栄次郎さん。惣吉の住まいがわかりました」

「そうですか」

「昨夜、春蝶さんを待ち伏せしていたようですが、福助もいっしょだったせいか、襲うきっかけを摑めず、悄然と引き上げて行きました。そのあとをつけたってわけです。いや、襲うという気持ちはあまりなかったような気もしますが」

都々逸節が面白いというので、春蝶にぼちぼちお座敷がかかるようになっていたのだ。

「惣吉の住まいはどこですか」

「下谷車坂町です。常は、棒手振りで、日銭を稼いでいるようです」

「行ってみます」

栄次郎は立ち上がった。

「ご案内いたしましょう」

新八もすぐに支度をした。

「加納屋のほうは相変わらずですか」

長屋の木戸を出て、新八がきいた。

「ええ、加納屋もお絹と会うのを我慢しているようで、動きがありません。かなり、用心しているようです。でも、いつまでも我慢はしていられないと思います。きっと動きだします」

伊谷光三郎とて情婦に会いに行こうとするはずだ。

浅草黒船町から田原町を通り、稲荷町に出る。そして、広大な広徳寺前を過ぎると、ほどなく車坂町である。

「こっちです」

栄次郎は新八の案内で、長屋木戸をくぐった。

夕暮れて、ぼちぼち仕事を終えた住人が帰って来ていた。どの家も夕飯の支度にとりかかっていて、魚の焼く匂いも漂っている。

新八は一番奥の家の前に立った。栄次郎に目顔で頷いてから、腰高障子に手をかけた。

「ごめんよ」

新八は戸を開けた。

あっと、声を上げたのは中にいた男だ。ちょうど、惣吉が土間を出るところで、新八と鉢合わせしそうになったのだ。

もう一度、惣吉はあっと叫んだ。今度は、栄次郎の顔を見た驚きのようだった。

「惣吉さん、お出かけですかえ」

新八が声をかけた。

「どうして、ここが？」

惣吉は口をわななかせた。

「蝶丸師匠が教えたのか」

惣吉は言わずもがなのことを言った。

これで、春蝶襲撃の背後に大師匠がいることがはっきりした。

「少し、話がしたいのです。つきあってもらえませんか」

栄次郎は声をかける。

惣吉は黙って頷いた。

長屋木戸を出てから、浅草方面に戻り、広徳寺の山門をくぐった。

「ここなら、他人に話を聞かれない」

新八がさらに境内の奥に惣吉を誘った。

「話って、なんですか」

惣吉が待ちきれぬようにきいた。

「惣吉さん。おまえさんは春蝶さんが父親だと誰から聞いたんですか」

栄次郎は穏やかにきく。

惣吉はうつむいて答えようとしない。

「蝶丸師匠ですね」

栄次郎が言うと、惣吉は厳しい顔を上げた。

「もう、いいんだ。あんな男を殺したって、おっかあは喜びはしない」

いらだたしげに、惣吉は言う。

「惣吉さん。よく、聞くんだ。おまえの父親は春蝶さんじゃない」

「いい加減なことを言うな」

惣吉はしらけたように言う。

「ほんとうのことだ。春蝶さんは水戸の磯部村まで行って来たそうだ。父親は蝶の字のつく名前の新内語りだと、おまえの母親が言ったそうだな。しかし、当時、春蝶さんはまだ、その名を名乗っていなかった。当時は春吉と言っていたそうだ。おまえの母親も春吉さんと呼んでいたそうだ」

「嘘だ」

惣吉が真っ青な顔で叫んだ。

「嘘ではない。春蝶が父親だと言ったのは蝶丸師匠ではないのか。どうなんだ?」

栄次郎は語調を強めた。

惣吉から返事がなかった。が、体をわななかせていたことが、肯定と受け取れた。

もちろん、春蝶が嘘をついていることも考えられる。だが、その可能性は極めて低い。嘘をつく必要もなく、また春蝶自身が嘘のつける人間ではないからだ。

春蝶の話から、栄次郎はある筋書きが頭に浮かんでいた。

母が亡くなったあと、惣吉は蝶の名を持つ新内語りを求めて江戸に出て来たのだ。そして、富士松蝶丸に会った。

しかし、父親は春蝶だと蝶丸は惣吉に告げたのだ。恨みを晴らすという惣吉に、蝶丸は協力を約束した。

春蝶の破門を解き、江戸に戻れるようにした。そして、春蝶が江戸に帰って来たことを、蝶丸は惣吉に告げたのだ。

「春蝶さんは、水戸の遊里で新内を語り、僅かながら稼いだ金をお寺さんに預け、おふみさんの供養をしてもらったそうです」

「そんな……」

やっと、惣吉が口を開いた。

「そうか。そうだったのか。ちくしょう」

惣吉がかっと目を見開いた。

「やっぱし、あいつだったんだ」

惣吉は呻くように言った。

「あいつとは誰だ？」

新八が横合いから口を入れた。

「蝶丸師匠ですね」

栄次郎は重ねて言った。

惣吉は今度ははっきりと頷いた。

「俺の話を聞いたあと、あの師匠はすぐに言ったんだ。おまえの父親は春蝶という男だと。春蝶は、何人もの女を紙屑のように捨てて来たとんでもない男だ。恨みを晴らしたいのなら、江戸に呼び戻してやろうと言ってくれたのだ」

怒りのあまり興奮しながら、惣吉は言った。

「ちくしょう。あいつは俺を身代わりにして、自分の恨みを晴らそうとしたんだ。許せねえ」

いきなり、血相変えた惣吉が駆けだした。突然のことで、栄次郎と新八は追いかけるのが遅れた。それ以上に、惣吉の勢いはすさまじく、栄次郎が山門を飛び出したときには、もう惣吉の姿はなかった。

「きっと、蝶丸師匠のところだと思います。私は、これから蝶丸師匠のところに向かいます。新八さんは春蝶さんを探して惣吉のことを伝えていただけませんか」

「わかりました」

山下のほうに向かう新八と別れ、栄次郎は広徳寺のぐるりを廻って裏手から下谷竜泉寺町に急いだ。

大音寺近くの蝶丸の家に辿り着くと、家の中で騒ぎがしていた。

早くも、惣吉が駆け込んでいたのだ。悲鳴が聞こえたので、栄次郎は案内も乞わず、部屋に上がって奥に向かった。

匕首を構え、惣吉が蝶丸に迫っていた。妻女や内弟子たちが、おろおろしている。

「許せねえ。俺をだましやがった」

惣吉は匕首を振りかざした。

「待て、よせ」

蝶丸が顔を引きつらせた。

「うるせえ」

惣吉が蝶丸の襟首を摑み、引き倒した。

「やめるのだ」

栄次郎は飛び掛かって、惣吉の振りかざした手首をつかんで、ねじ上げた。

「痛てえ」

悲鳴を上げて、惣吉は匕首を落とした。

腰を抜かして、蝶丸は喘いでいた。

「惣吉さん。ばかな真似はやめるのだ」

栄次郎は惣吉の懐から飛び出ている鞘を抜きとり、拾い上げた匕首を納めた。

「ちくしょう」

畳に突っ伏し、拳で叩きながら、惣吉は悔しがった。

「栄次郎さん」

突然、背後で声がした。

「春蝶さん」

新八が隣りにいた。

「ちょうど、池之端の料理屋に向かう途中の春蝶さんとばったり会ったんです」

新八が説明した。

「そうですか」

栄次郎は春蝶と目を合わせた。

それから、春蝶は惣吉を痛ましげに見つめ、そして、蝶丸に目を向けた。

「蝶丸師匠。なんで、惣吉さんがおまえさんを襲ったかわかりますかえ」

「知らん」

蝶丸は強張った顔をそむけた。

「惣吉さんは、もうほんとうのことがわかったんですよ。師匠だって、わかっているんでしょう。それなのに、あまりにもひでえじゃありませんか」

春蝶の声を聞きながら、栄次郎は虚勢を張る蝶丸を哀れだと思っていた。

「惣吉さんにあっしを襲わせるように仕向けた。そんなことをしたら、惣吉さんはお縄になっちまいます。じつの息子を咎人《とがにん》にして、なんとも思わないんですかえ」

「嘘だ。違う、こいつは俺の子なんかじゃない」

蝶丸が必死の形相で否定する。

「師匠。あっしは磯部村で、おふみさんと惣吉がどんな暮らしをしてきたか聞いて来ました。親戚の家に、肩身の狭い思いをして暮らしていたんです。おふみさんは最後まで父親の名を言わなかった。だが、取り上げ婆には、惣吉さんの父親は江戸では有名な新内語りの師匠だと話していたんですよ。そして、名前に蝶がつくことを覚えていた。それを聞いたとき、あっしは思い出したんです。当時、師匠はおふみさんに言い寄っていたことをね。取り上げ婆に、ひょっとしたら蝶丸という名ではないかと聞いたら、そうだと思い出してくれたんですよ」

春蝶はやりきれないように、

「師匠。おふみさんは、子どもを身ごもったことを、師匠に打ち明けなすったんじゃありませんか。なのに、師匠は……」

「やめろ」

蝶丸は絶叫した。

「おまえさん、春蝶が言ったこと、ほんとうなのかえ」

蝶丸のかみさんが眦をつり上げてきいた。

「嘘だ。嘘っぱちだ」

蝶丸が虚ろな目をして吐き捨てるように言った。

「嘘じゃねえ」

そう叫んだのは、惣吉だった。

「俺は、あんたに会ったとき、じつは俺のおとっつあんだと思った。だが、あんたは、おまえの父親は春蝶だと言った。あまりに、自信たっぷりに言うのでついうっかり信じてしまった。だが、やっぱし、あんただったんだ」

「違う」

　蝶丸の声は弱々しい。

「こんな男が俺の父親だなんて、俺だって思いたくねえ」

　惣吉は自嘲気味に呟いた。

「惣吉さん。引き上げよう」

　春蝶が惣吉の肩を叩いた。

　惣吉は素直に立ち上がった。

「じゃあ、蝶丸師匠。失礼します」

　春蝶はあいさつし、栄次郎に目配せして、部屋を出て行った。

　惣吉は悄然とついて来る。

「すまねえ」

　突然、惣吉が春蝶に詫びた。

「おまえさんが悪いんじゃねえ。気にするな。それより、おまえさんのこれからだ」

　春蝶は包み込むような声で言った。

　惣吉の今後のことを心配している春蝶に、

「春蝶さん。私で出来ることがあれば、なんなりとおっしゃってください」

と、栄次郎は言った。

「ありがとうございます」

「それより、お座敷のほうは大丈夫だったのですか」

料理屋に向かう途中、新八と出会ったのだ。

「福助をお詫びに行かせました。これから、急いで行きます」

春蝶の目が輝いていた。若返ったような気もする。もう心配ないと、栄次郎は思った。

六

さらに二日が経った。

相変わらず、伊谷兄妹の行方はつかめない。加納屋も出かけない。我慢比べの感があった。

その日の昼前、栄次郎は手掛かりを求めて、伊谷兄妹が住んでいた三河町の『月見長屋』に行った。あまり期待出来ないと思いつつ、それでも藁《わら》をもつかむ思いで、長屋木戸をくぐった。

栄次郎は伊谷兄妹が住んでいた隣りの住人をもう一度、訪ねた。日傭取りの男で、天気がよいので、仕事に出ているかと思ったが、幸い家にいた。

「きょうはどうしたんですか」

栄次郎は土間に入ってから、足に包帯をしている男にきいた。

「どうもこうもねえですよ。崩れた石が足に当たって、この始末ですよ」

「それはたいへんでしたね」

栄次郎は同情したが、おかげで話を聞くことが出来たのは、栄次郎にとって幸いだった。

「ところで」

と、伊谷兄妹のことで何か思い出したことがないかときこうとしたが、その前に男のほうが切り出した。

「お侍さん、思い出しましたよ」

「何をですか」

「伊谷兄妹のことで、何か気づいたことがないかって言っていたでしょう」

「ええ、何か」

「じつは妙なんですよ」

男は声をひそめた。

「いつも真夜中に、隣りから切なそうな忍び泣きが聞こえて来るんですよ」

「忍び泣き？」

「っていうか、あんときの声ですよ」

「あんとき？」

「最初は国を思い出して泣いているのかと思ったんですが、どうもそうじゃねえ。やっぱし、あんときの声に違いねえ。だって、その声を聞くと、いつもこっちも悶えていたんですからね」

男は下品に笑った。

「だって、ふたりは兄妹……」

栄次郎は途中で声を止めた。

「まさか」

「ですからね。あのふたりはほんとうに兄妹なのかと思いましてね」

伊谷光三郎とお絹は兄妹ではなく、夫婦だとしたら……。ふたりは国にいられない事情があって出奔《しゅっぽん》したのではないのか。

伊谷は情婦がいたらしい。情婦とはつまりお絹だったのではないか。

「よく教えてくれました」

栄次郎は礼を言い、長屋を飛び出した。

そして、鎌倉河岸を通って本町の『加納屋』の前にやって来たとき、栄次郎は『加納屋』から出て来た磯平と出くわした。

「あっ、矢内さん」

「親分、いらっしゃったのですか」

「今、加納屋に鎌をかけてみたのですが、まったく動じることがありません。なかなか、しぶとい」

磯平は匙を投げたように言う。

栄次郎は少し離れた場所に磯平を誘い、

「三人に亀裂が走るような話を聞きました」

と前置きをし、伊谷兄妹がじつは夫婦かもしれないと説明した。

「そうだとしたら、加納屋も伊谷光三郎とお絹に騙されていることになります。このことを、加納屋に伝えれば、それを確かめるために、必ずふたりの隠れ家に向かうはずです」

「なるほど」

磯平が表情を輝かせた。

「さっそく手下の手配りをします」

「わかりました。では、一刻（二時間）ほど暇を潰してから、加納屋に告げることにします」

「それまでに、尾行の態勢を整えておきます」

そう言い、磯平は手配りのために急ぎ足で去って行った。

一刻後、栄次郎は再び『加納屋』にやって来た。路地に、磯平の手下が潜んでいた。

栄次郎はまっすぐ『加納屋』に向かった。

いつぞやの番頭が店先にいた。加納屋への面会を申し入れると、すぐに奥に向かった。やがて、戻って来て、この前と同じ客間に通された。

加納屋宗兵衛がやって来たが、敷居の近くに立ったまま、恐ろしい形相で睨み付けた。

「きょうは、金を求めに来たのではないから安心してください。じつは、あなたに注意をしておきたくて参った次第」

「…………」

「伊谷光三郎とお絹のことです。あなたは、あのふたりがほんとうに兄妹だと思っているのですか。それとも、夫婦であることを承知して後添いにしようとしているのですか」

「な、なんと言った？」

宗兵衛の顔色が変わった。

「あなたは、あのふたりを離縁させたのかときいているのです」

「ばかな。何を言いだすのだ」

「大事なことです。よいですか、ふたりを兄妹だと思っていたら、たいへんなことですよ。お絹が後添いになったあと、あなたを殺す。そして、ほとぼりが冷めてから、伊谷光三郎が婿に入る。そしたら、『加納屋』はあのふたりに乗っ取られることになります」

「いい加減なことを」

宗兵衛は頰を痙攣させた。

「浜町堀の家にもときたま伊谷光三郎が訪れ、長い時間過ごしていたのを知っていましたか。あなたは兄妹と思っているから安心しているのでしょうが、実際は夫婦なんです。あなたは騙されているんだ」

栄次郎は突きつけるように言った。

「これまでのことを思い出してごらんなさい。いちいち思い当たることがあるはず」

当て推量で言ったが、宗兵衛の体が震えだした。明らかに動揺している。さらに、栄次郎は止めを刺すように続けた。

「今頃、ふたりはあなたの与えた隠れ家にて……」

「やめろ」

宗兵衛が絶叫した。ひとが変わったように、顔は蒼白になり、目は血走っていた。

これ以上、言うべきではないと判断し、栄次郎は宗兵衛を一瞥して引き上げた。


加納屋宗兵衛が動いたのは、それから四半刻（三十分）後だった。

羽織を着て、店を飛び出した。早足で、本町通りを行き、大伝馬町にある駕籠屋に寄り、駕籠に乗り込んだ。

宗兵衛を乗せた駕籠はまっすぐ本町通りを両国に向かい、さらに浅草御門をくぐって蔵前通りに入った。

栄次郎と磯平があとをつけ、その後ろから手下たちがついて来た。

駕籠は駒形から吾妻橋の袂を抜け、花川戸に入った。太陽は中天からやや西に傾いていた。

『加納屋』を出てから約半刻（一時間）、駕籠は今戸橋の手前で止まった。

栄次郎と磯平は民家の路地に身を隠したが、駕籠から下りた宗兵衛は背後を気にする余裕をまったく失っていた。頭に血が上っているのだ。

宗兵衛は今戸橋を渡った。そして、大川沿いの道に出て、いくらも歩かないうちに小粋な構えの家に向かった。

迷わず、宗兵衛は格子戸を開け、中に入った。

栄次郎と磯平も近づく。路地に入り、連子窓を見つけ、そこから中の様子を窺った。

言葉は聞き取れないが、ひとの争うような声が聞こえ、何かが倒れるような音がした。

「中に入ってみます」

栄次郎は表にまわり、格子戸を開けた。

「お絹。おまえが私に囁いたことはみな嘘だったのか」

悲鳴のような宗兵衛の声だ。

「誰が、おまえのような男に」

女の声だ。

「ちくしょう。『加納屋』を乗っ取るつもりだったんだな」

「ばれてしまっては仕方ない。死んでもらうか」

伊谷光三郎の声だ。

宗兵衛が廊下に逃げた。その後ろから、抜き身を下げた伊谷が追って来た。

「待て」

栄次郎はふたりの間に躍り出た。

「きさま」

伊谷があとずさった。部屋の中に、お絹がいた。

「伊谷光三郎、お絹。もう逃れられぬ。観念することだ」

「おのれ。死ね！」

伊谷が剣を振りかざした。

栄次郎は居合腰に構え、刀の鯉口を切り、右手を柄にかけた。次の瞬間、伊谷は刀を上にかざしたまま、その場にくずおれた。

伊谷が剣を振り下ろすより早く、栄次郎の刀の峰が相手の胴に喰い込んでいた。

「お絹だな。そなたは伊谷光三郎の妻女か」

「…………」

背後で物音がした。

磯平が宗兵衛を取り押さえていた。

「今、同心の旦那を呼びに行きました」

磯平が言うと、お絹がへなへなと座り込んだ。

「おう、加納屋。おめえは内儀のおひさを殺し、このお絹を後添いにしようとしたことを認めるな」

磯平が問いつめる。

「ちくしょう。兄妹だと言って騙しやがって」

「はじめは、おめえがちょっかいをかけたんじゃないのか」

「武士の娘だというので、ついその気になってしまったんだ」

宗兵衛は悔しがった。

「どっちもどっちだ。あとは、大番屋に行ってから聞かせてもらうぜ。同心の旦那が来るまで、もうちょっと待つんだ」

磯平は言ってから、栄次郎に向かい、

「矢内さま。いろいろお世話になりました」

と、深々と腰を折った。

「いえ、でも、よかった。これで、内儀のおひささんと手代の友吉も喜んでくれるでしょう」

同心がやって来てから、栄次郎はようやく引き上げた。

# 七

庭の虫の音が、三味線の音に負けたように、今はすっかり鳴き止んでいる。

春蝶のかんのきいた声が切なく胸に響く。岩井文兵衛だけでなく、旗本の横尾忠右衛門も陶酔したような表情で聞き入っている。

きょうはさらに春蝶の声が冴えているように、栄次郎には思えた。

ようやく、春蝶が新内を語り終えた。

「春蝶、見事だ」

横尾忠右衛門が感嘆の声を上げた。

今宵、文兵衛が横尾忠右衛門を伴い、薬研堀にある料理屋『久もと』にやって来たのは、忠右衛門に春蝶の新内を聞かせるためだった。

「蝶丸が一番の名人だと思っていたが、春蝶の新内は一味違う。人生が滲み出ている。

いや、参った」

「さあ、殿様。どうぞ」

女将が忠右衛門に酌をする。

「春蝶。この横尾どのに太鼓判を押されたなら本物だ」

「これほどの新内を封じ込めてはいかぬ。蝶丸が破門を解いてよかった」

「ありがとうございます」

春蝶は頭を下げた。

「そうそう、蝶丸に惣吉という伜がおったそうだの」

忠右衛門が盃を持ったまま、思い出したように言う。

「なんでも、春蝶に預けたときいたが、ほんとうか」

「はい。内弟子として、新内を仕込むつもりでおります」

「そうか。蝶丸が感謝しておった」

「えっ、蝶丸師匠が……」

「ああ、春蝶に合わす顔がないと言っていた。今度、顔を出してやってくれ」

「はい」

春蝶はうれしそうに答えた。

「栄次郎どの。そろそろ、栄次郎どのの三味線で文兵衛どのの喉を聞かせてくれぬか。文兵衛どのがいつも自慢しておるでな」

忠右衛門が声をかけた。

「いや、それより、今宵は忠右衛門どのに、もうひとつ聞かせたいものがあるのだ。春蝶。例のものも聞かせてくれぬか」

文兵衛は声をかけた。

「ほう、何かな」

忠右衛門も興味を示した。

春蝶は再び三味線を抱えた。

君は吉野の　千本ざくら
色香よけれど　きが多い

私しゃ春雨　主や野の花よ
濡れるたびごと　色を増す

花も紅葉も　もうあきらめた
ぬしのたよりを　まつばかり

およそ世間に　せつないものは
惚れた三字に　義理の二字

春蝶が三味線を置くと、横尾忠右衛門は目を輝かせて、

「面白い。いや、じつに面白い。これはなんというのだ?」

と、真顔できいた。

「都々逸節でござる。名古屋の宮の遊里で流行っていた唄を、春蝶の節で唄ったもの」

文兵衛は説明する。

「春蝶さん」

栄次郎が呼びかけた。

「へい」

「福助に披露させませぬか」

「えっ、福助に?」

「ええ、この際です。お引き合わせしておけば、今後、なにかと」

栄次郎は春蝶を説き伏せる。

「栄次郎どの、何かな」

文兵衛が訝しげにきいた。

「じつは、さきほど名の出た惣吉は、春蝶さんの新内のほうの弟子ですが、都々逸節のほうにも弟子がいるのです。まだ、十歳を過ぎたばかりですが、春蝶さんが目をつけたほどの声なのです。聞いてやっていただけたらと思いまして」

「うむ。聞いてみたい」

文兵衛も忠右衛門もその気になった。

「では」

栄次郎は女将に言い、次の間で控えている福助を呼びに行かせた。

福助は座敷に入ると、ちょっと怖《お》じけたようにあいさつしてから春蝶のそばに行った。春蝶は福助に何か言い、そして、文兵衛と忠右衛門に向かい、

「では、ごあいさつ代わりに、都々逸のいくつかを」

そう言い、福助に三味線を渡した。

都々逸の三味線はそう難しくはないので、福助もすぐに覚えたようだ。

思いなおして　来る気はないか
鳥も枯木に　二度とまる

私しやお前に　火事場のまとい
ふられながらも　熱くなる

まだ十歳の福助が色っぽい声で唄うのを、文兵衛と忠右衛門が感心して聞いている。春蝶の表情も緩んでいた。
栄次郎も、福助の唄を改めて聞いて、ただ唸るばかりだった。この先、どんな芸人になるのか。

夢に見るよじゃ　惚れようがうすい
真に惚れたら　眠られぬ

　このときから十数年後の天保九年（一八三八）、ある芸人が寄席で都々逸を唄って流行した。

　都々逸の元祖である芸人が、この福助の将来の姿であることを、栄次郎が知る由もなかった。

## 参考文献

『どどいつ入門』　中道風迅洞　徳間書店
『風流お座敷唄集』　現代芸術社

時代小説
二見時代小説文庫

春情《しゅんじょう》の剣《けん》　栄次郎江戸暦《えいじろうえどごよみ》 6

二〇一一年　九月二十五日　初版発行
二〇二五年　二月　二十日　再版発行

著者　小杉健治《こすぎけんじ》

発行所　株式会社　二見書房
〒一〇一-八四〇五
東京都千代田区神田三崎町二-一八-一一
電話　〇三-三五一五-二三一一［営業］
　　　〇三-三五一五-二三一三［編集］
振替　〇〇一七〇-四-二六三九

印刷　株式会社　堀内印刷所
製本　株式会社　村上製本所

落丁・乱丁本はお取り替えいたします。定価は、カバーに表示してあります。

ISBN978-4-576-11116-2
https://www.futami.co.jp

# 氷月 葵

## 密命 はみだし新番士

シリーズ

以下続刊

①十五歳の将軍
②逃げる役人

十八歳の不二倉壱之介《ふじくらいちのすけ》は、将軍や世嗣《せいし》の警護を担う新番組の見習い新番士。家治《いえはる》の逝去によって十五歳で将軍の座に就いた家斉《いえなり》からの信頼は篤《あつ》く、老中首座に就き権勢を握る松平定信《まつだいらさだのぶ》の隠密と闘うことに。市中に放たれた壱之介は定信の政策を見張り、町の治安も守ろうと奔走する。そんななか、田沼家に仕官していた秋川友之進《あきかわとものしん》とその妹紫乃《しの》と知り合うが、紫乃を不運が見舞う。

# 森詠

## 御隠居用心棒 残日録

シリーズ

以下続刊

① 落花に舞う
② 暴れん坊若様
③ 化物屋敷

「人生六十年。その後の余生はおまけだ。あとは自由に好きなように生きよう」と深川《ふかがわ》の仕舞屋に移り住んだ桑原《くわばら》元《げん》之《の》輔《すけ》は、羽前《うぜん》長坂《ながさか》藩の元江戸家老。そんな折、郷里の先輩が二十両の金繰りに窮し、娘が身売りするところまで追い込まれていると泣きついてきた。そこに口入れ屋の扇屋《おうぎや》伝兵衛《でんべえ》が持ちかけてきたのは「用心棒」の仕事だ。御隠居用心棒のお手並み拝見！